宋词小札

今天我们怎么读宋词

刘逸生／著

上

广东旅游出版社
GUANGDONG TRAVEL & TOURISM PRESS
悦读书·悦旅行·悦享人生

中国·广州

宋词发展的六个时期

　　宋代文学的发展在某种意义上是对唐代文学传统的延续，但也形成了独特的表达风格和表达模式。宋诗逐渐成为一种不同于与唐诗的诗歌风格，笔记、志怪、诗歌评论、游记等等类型的出现也大大丰富了散文创作。而宋代文学的一个重要体现便是词。词作为中国古代诗体中的一种，始于唐代，在宋代发展达到顶峰。一开始伴曲而唱，音乐性是其标志性特征，且主要用于城市娱乐场所，由职业歌女、舞女表演。到了五代时期逐渐独立出来，成为专门的诗歌艺术。在两宋三百多年的历史中，宋词经历了几次重要变化，从不被重视的边缘性地位逐步走向文学的中心。

北宋初期
（960-1020 左右）

　　宋代建国后社会政治环境相对稳定，经济文化建设也迎来了初步的繁荣发展。太宗（976年-997年在位）、真宗（998-1022年在位）奉行"右文"政策，把文化建设放在十分重要的地位，每年科举考试录取人数远超唐代，大大推动了文化事业的繁荣。复旦大学文史研究院院长葛兆光认为唐文化是"古典文化的巅峰"，而宋文化则是"近代文化的滥觞"，从唐到宋体现了一种"平民化、世俗化、人文化"的社会变迁趋势。

词风

　　根据《剑桥中国文学史》，十一世纪开始，文人开始对"词"这种本是城市娱乐歌曲发生兴趣，以至于转向它，使其成为自己的文学表达形式之一。词人延续晚唐五代以来的绮艳文风，以词表现内心细致的情感体验，多写春愁秋恨、离别相思。体制上，承继晚唐五代遗风，仍以小令为主，即长度在五十八个字以内的歌词形式，主题多为女性孤独、季节变化以及别离场景，审美趣味趋于平淡清远。

给词带来第一次重大变化的是柳永，由小令时期进入慢词时期。他不仅创作了大量的慢词长调，大大扩大了词体的容量，增加了词的声腔美丽，也改变了词的审美趣味。在柳永之前有晚唐著名词人温庭筠，其词风高雅含蓄，但柳永擅用大众化、平民化的方式表现，并以市井流行曲调歌唱，成为备受欢迎的大众词人，在民间甚至达到了"凡有井水饮处，即能歌柳词"的地步。从此时起，大多数词人便小令和慢词双管齐下，在创作中选择他们认为最合适的体裁。

代表词人

晏殊、范仲淹、欧阳修、张先、柳永等。

北宋·张择端《清明上河图》局部

活字印刷术的发明使得书籍印刷的普及成为可能。据《剑桥中国文学史》的说法，"正是在宋代，中国经历了从手抄本文化向印刷文化的转变"。在佛教和道教的冲击下，宋代的儒学思想家们开始重新认识和理解古典思想，并重新诠释儒家思想，使儒学理论更加平易近人，也因此真正深入到日常事务和私人生活。以古文运动为起点，宋代的文学思想迎来了一次重要转变，站在政教功用的立场，用以文为诗、以气格为诗的方式变革诗风。欧阳修等人强调文学的政教之用，要求文学成当期道德教化和政治变革的作用。"明道""言志"的文学观再度流行。经济上，迅速成长的商人阶层和社会的商业化，为宋代文人拓宽词的形式范围和抒情方式提供可能。

词风

秦观是北宋著名的婉约派代表，他开创了一种"柔婉精微"的词风，使词复归于雅正，比起五代词或者柳永词来，其词的品位更易为当

北宋·王希孟《千里江山图卷》局部

时的士大夫所接受。其后苏轼在婉约词之外，另立豪放一派，改变了词的格局，突破了诗与词的界限，把私人的、艳丽的、歌唱的词当作可以抒情言志、抒发抱负的载体，从带有娱乐性质转向严肃的文学创作，提高了词的文学地位。北宋后期诗词作家几乎都直接或间接受到苏轼的影响。苏门诗人黄庭坚、陈师道开创了在宋代影响最大的江西诗派，俨然同苏轼分庭抗礼；秦观、贺铸的词也在不同程度上接受苏轼的影响，而在艺术上又别具风格。

北宋末词人周邦彦则将词带入了完全的成熟阶段，他于慢词的审音调律上有所贡献，集北宋婉约词之大成，其词情感真挚，富艳精工，善用典故；词之技巧、格律进一步深化成熟。周邦彦词影响大多数南宋词人，开南宋姜夔、吴文英一派的先河，有结北开南之称。

代表词人

苏轼、秦观、王安石、黄庭坚、贺铸、周邦彦等。

南宋前期
（1127年-1164年）

1127年1月16日，在女真族的进击下，汴梁陷落，宋徽宗、钦宗被俘。同年6月12日，宋徽宗之子赵构在南京（今商丘）登基（号高宗），结束了北宋时期（860-1126），南宋开始。此后高宗一路南逃，渡过长江，性命时时受到威胁。南渡时期，中原沦陷，是一段战火与血泪交织的历史，词无可避免地与诗一样承担起表现民族苦难、个体心灵伤痛与激励人心的功能，现实性和社会政治性大大增强。

词风

词坛兴起豪放之词风，多豪放激越，悲凉沉郁之词，爱国主义是这一时期词作的突出特点，许多处于两宋交替时期的词人在词中抒发爱国情感和英雄气概。其中女词人李清照更是打破了唐五代以来男性独霸词坛的格局，以女性之声表现时代变迁与家国巨变。

代表词人

张元干、张孝祥、陆游、岳飞、李清照

南宋中期
(1165年-1206年)

高宗"求和"的治国风格使得南宋的政治、思想界呈现一种"谨慎、怀旧、内省"的转向内在的风格（刘子健）。华南地区，尤其是长三角地区经济迅速发展，成为全国最富裕、人口最密集的地区。在学术领域，"南宋似乎走向了精致、细致和专门化"（《剑桥中国文学史》），朱熹一派的新儒家思想影响深远，成为南宋以及后世的主导之学。

词风

宋词在12世纪下半叶迎来高峰，涌现了如辛弃疾、陈亮、陆游、姜夔、史达祖等词坛高手，他们共同创造了辉煌，其中以辛弃疾和姜夔为两大领袖，各成一派。辛弃疾继苏轼之后对词境的扩大作出了巨大的贡献，进一步将词从传统的浪漫和爱情题材中解放出来，词风"激昂豪迈，风流豪放"，代表着南宋豪放词的最高成就，影响极大。格律派则讲究声律，注重词藻，以姜夔为代表，擅长咏物词。

代表词人

陆游、辛弃疾、姜夔、史达祖等。

南宋后期 1207年-1279年	南宋后期，程朱理学成为官方正统哲学，要求作家把道德自律、克制情欲的人格修养与诗文创作联系起来，道德伦理价值凌驾于审美价值之上。同时以平民化和世俗化为特征的市民文学随着城市商业经济的发展成为思潮。
词风	随着南宋王朝的没落，词坛也显现出衰落的趋势，虽然也先后涌现出以吴文英、周密等为代表的"姜派传人"和刘克庄、文天祥等粗放的"辛派"，但终究难续辉煌。主要有两种趋势：一种是进一步发展为姜夔风格的格律派，词多咏物寓意，以寄家国之恨、身世之感、遗民身世的凄凉。另一种趋势是继承辛弃疾的词风，沉郁悲壮，充满亡国之痛。
代表 词人	吴文英、周密、张炎、王沂孙、刘辰翁、文天祥、汪元量等。

南宋·马远《山径春行图》

传统文化的引路人
——我读爷爷的"小札"系列

刘再行

我有一位师长，在一次攀谈中听说我的爷爷就是刘逸生老先生时，很是感慨，他对我说，他是读了《唐诗小札》之后才懂得如何欣赏古诗的。我确信在比我年长二十岁那一辈人之中，"小札"系列是很有一些影响力的。据说《唐诗小札》在1961年首次出版的时候，广州新华书店的门前竟出现排队购买的盛况。斗转星移，从上世纪60年代到现在已经过去50多年了，社会生活也发生了巨大变化，但这两本书仍然长盛不衰，被多家出版社一再出版，至今已经发行了100万册以上，成为公认的经典读物。

听我这样说来，各位读者可能会问：这是两本什么书啊？它到底是讲什么的？为什么对读者有这么大的魅力？下面且让我逐一道来。

先介绍书的作者刘逸生老先生，也就是我的爷爷。他出生于20世纪之初，幼年时因父亲亡故，家境贫苦，小学尚未毕业便被迫离家独自谋生。但他始终保持着强烈的求知欲，后来进入香港一家报馆做杂工，一有空闲便翻开桌子上仅有的一部《辞源》学习，结果竟靠这些自学的知识当上了《星岛日报》的校对。校对职位虽不高，却是爷爷一生从事新闻工作开端。从此更是苦学不辍，虽然身处社会动荡的年代，但仍然靠着惊人的毅力，成为一位才识兼具的报人。解放后他回到国内，先是在《南方日报》社工作，后又参与《羊城晚报》的创刊，是《羊城晚报》的开办元老之一。《唐诗小札》就是《羊城晚报》《晚会》版上开设的一个连载栏目，每期评点一首唐诗，意在为广大读者普及一些古典诗词知识，因而力求写得深入浅出，活泼有趣。可能连爷爷也始料不及，这个栏目推出之后，大受读者欢迎。后来便将文章集结成书，付梓出版，后来应读者的期待，又把赏析的范围扩大到宋词，于是便有了如今的《唐诗小札》与《宋词小札》。

"开拓中见严谨、渊博中见轻灵"，是中山大学黄天骥教授对这两本书所开创的"小札体"的评价，我觉得很是确切。两本集子中共计有近200篇文章，每篇文章对应解释一首诗或词。作者既具备对古典诗词的深切理解，又有长期从事报纸副刊编撰的灵动亲切的文笔，这两种长处恰是单纯从事研究的专家，或专门撰写通俗小品的作者往往不能兼具的，因而使《唐诗小札》与《宋词小札》得以在众多同类赏析性读物中脱颖而出，显得既有学术的精准度，又有丰富的趣味性与可读性。当我们随着作者的指引，听着他妙趣横生、引人入胜的款款而谈，不知不觉中便进入古代诗人们所营造的美妙意境之中，同时也轻松越过那些曾经觉得艰深晦涩的坎坎坑坑，在古典诗词的大观园中来一番令人心旷神怡的畅游。又特别难得的是，《小札》中的每篇文章都能做到"因诗制宜"，选取不同的切入点娓娓道来，十数篇文章读下来竟能让读者不生雷同之感，如果没有渊博的学识和高超的写作技巧是无法办到的。

爷爷在《唐诗小札》的后记中有这样一段陈述："唐代诗歌到今天也没有丧失它的生命力，放在世界文化宝库中，同历史上最优秀的人类文化创造相比，它也毫不逊色。"我相信，读懂古典诗歌、学会欣赏古典诗歌对于现代人来说仍然有着重要的意义，因为这些作品记录了古代生活的方方面面，体现了中国传统的世界观、价值观和人生观乃至审美理想，是我们了解传统文化的一条捷径。而时至今日，这也是提高文化自信的题中应有之义。能让更多原来觉得唐诗宋词过于艰深的读者朋友能够爱上古诗词，本是"小札"系列的初衷。虽然"小札"系列成书已经跨越了半个世纪，但我想这两本书仍然发挥着引路的作用，带领着我们这些新一代的年青人，去窥探中华传统文化知识的璀璨宝库。

2018年11月3日于广州寓庐

[目录]

范仲淹

989—1052年，字希文，吴县（今属江苏苏州）人。大中祥符八年（1015）进士。仕至枢密副使，参知政事。以资政殿学士为陕西四路宣抚使。卒谥文正。有《范文正公诗余》一卷。

渔家傲

塞下[1]秋来风景异，衡阳雁去[2]无留意。四面边声连角起。千嶂里，长烟落日孤城闭。

浊酒一杯家万里，燕然[3]未勒归无计。羌管悠悠霜满地。人不寐，将军白发征夫泪。

[1]塞下——这里指宋朝西北边疆。

[2]衡阳雁去——传说雁自北南飞，到达衡阳就不再南下。

[3]燕然——燕然山，在蒙古人民共和国境内，即杭爱山。东汉时，将军窦宪追击匈奴，登上燕然山，勒石纪功。

范仲淹是北宋仁宗时代的"名臣"，从进士出身，官至参知政事，曾任陕西经略安抚招讨副使兼知延州，负责西北边防，使西夏的敌人不敢轻易来犯，被称为"范老子胸中有数万甲兵"。他少年时就以"士当先天下之忧而忧，后天下之乐而乐"自勉，后来又把它写在《岳阳楼记》中，至今为人所传诵。像这样一个立志高远，又身负一方安危，受到朝野重视的人物，照一般人想来，一定是面目严峻、神态凛然，使人望而生畏的吧。然而他在所写的词中，却完全不是这种人物。不但他那"酒入愁肠，化作相思泪"，使人看到他柔肠婉转，便是描写边塞风光，也丝毫不似一个望高威重的统帅。表面一看，是很有些奇怪的。

这首描画边塞风光的《渔家傲》，其实在当时就有人提出不同意见了。魏泰《东轩笔录》便记述了这样一件事：

范文正公守边日，作《渔家傲》乐歌数阕，皆以"塞下秋来"为首句，颇述边镇之劳苦。欧阳公（按，欧阳修）尝呼为穷塞主之词。及王尚书素出守平凉，文忠（按，欧阳修谥号）亦作《渔家傲》一词以送之。其断章曰："战胜归来飞捷奏，倾贺酒，玉阶遥献南山寿。"顾谓王曰："此真元帅之事也。"

这段记载的真实性到底有多少，其实很难说。欧阳修这首《渔家傲》不见于他现存的词集中，固然可以说是结集时偶有遗失；可是欧阳修自己就写了不少内容并不那么昂扬奋发的词，怎么好去讥讽范仲淹，并且还有意同他唱对台戏呢！所以魏泰的记述颇难使人入信。不过也确实反映了某些人的看法，以为不应写得如此衰飒，尤其是身为主帅的人。

范仲淹这首词，反映了边塞生活的艰苦性和守边将士强烈的责任感。整首词紧紧围绕一个"秋"字，纵横上下地描绘了一幅严凝萧索的图景。将士们不是在战斗，而是长期戍守，生活平板枯燥，环境萧瑟荒凉，然而守卫边防的责任却十分沉重。因而人们的心情是复杂的。作为主帅的范仲淹，看出了将士们这种心情的复杂，在他的笔下也就恰好反映了这种复杂。

这是一幅"边塞秋风图"。那形象的强烈真是使人读了久久难忘。

不妨看看这段动人的描绘：

边塞的秋天是个异样的秋天。一到这时节，南归的雁儿便连头也不回地飞走了。塞上特有的边声——西风的呼啸，驼马的嘶叫，兵士的吟唱，草木的繁响，还衬上悲凉的号角……把秋天的气氛渲染得严凝肃杀。

四面耸立的都是高山，山脚沉重地横着茫茫的烟雾。太阳很快就沉落下去，剩下一座孤城更显得伶仃孤立。城门于是紧紧地关起来。

寒冷和孤寂构成一股迫人的气氛，让人感到难受。单靠一杯酒是抵挡不了的，思乡之念不断地涌起来。

然而，一想到守边责任的严重，敌人侵犯随时都可能发生，思乡之念又一下子压下去了。回乡不得，因为责任还没有完成呵！

夜已深了。在"万帐沉沉"之中，大家都没有睡着。将军抚循着头上白发，有些战士还偷偷拭去思乡的眼泪。外面是一片银也似的白霜，只听得慢悠悠的羌笛声在旷野中回荡……

多么感人的一幕！它不仅写出了边疆的典型环境，还写出了这种环境中的人的思想感情。它是一页真实的历史，没有造作，没有粉饰。而更重要的是，只有深知将士的甘苦哀乐的统帅，才有与将士同样亲切的感受，才写得出如此动人的篇章。试想想那些"战士军前半死生，美人帐下犹歌舞"的主军者吧！

边塞也有各种不同的生活情调。作为坐镇一方的主帅，难道不应该写那些使人感到昂扬奋发的事物吗？这样发问当然是有理由的。但是，作为一军的主帅，就不可以描写边疆生活的艰苦和战士心情的矛盾复杂吗？这样的反问又是同样有理由的。我们没有权利指挥作者只能这样写而不能换一种笔墨去写。

范仲淹这首词，渲染塞外秋来的气氛很有特色。你看他在开头那句点出时间、地点之后，立刻运用他那捕捉形象的大笔，先写天上的雁群，写一队队雁群正在结队匆匆南飞，便已使人感到一种浓重的袭人而来的秋气。跟着写四面边声。这边声，正如李陵《答苏武书》中所说的："凉秋九月，塞外草衰。夜不能寐，侧耳远听，胡笳互动，牧马悲鸣，吟啸成群，边声四起。"进一步加重了这个特定环境的特有气氛。然后，作者才把焦点落在那座"孤城"上面。这孤城，正被包围在千山万峰之中，黄昏日落，暮烟横带，一片凄冷。而远戍的军士，正是在这样的一座孤城中艰苦守卫着边疆的。

在上片，作者是用大笔来进行渲染，虽是寥寥几句，却已给人鲜明的印象;而且,在整个景色的描画中,还分明透出作者的感情:那离去的鸿雁,分明带动下文"家万里"的乡思;那四面的"边声",又正是下文"人不寐"的伏脉;"千嶂里"紧闭的"孤城",更不能不引起征人"燕然未勒归无计"的感叹了。上片的"景"预伏着下片的"情",上下片之间便有潜脉暗通,从而浑融一体。

下片以抒情为主,然而,作者未忘形象的刻画。你看,"浊酒一杯家万里",人物的形象与感情同时传出;"将军白发征夫泪",更是一组带着强烈感情的人物特写。"羌管悠悠霜满地"七字,是"人不寐"的有力烘染。所有这些,都使整首词赋情深厚,气氛强烈。这正是此词之所以获得广大读者喜爱的原因。

作为北宋的著名词人,范仲淹是当之无愧的。就让我们从他开始,对宋词园圃中那些"小白长红"——各式各样奇花异草,来一番概略的然而又不无主观取舍的巡礼吧!

苏幕遮

　　碧云天，黄叶地。秋色连波，波上寒烟翠。山映斜阳天接水。芳草无情，更在斜阳外。

　　黯乡魂，追旅思。夜夜除非，好梦留人睡。明月楼高休独倚。酒入愁肠，化作相思泪。

这是范仲淹在外地思念家室的作品。

弄文艺的人似乎都懂得，在文艺作品中，情和景是不可能截然分割的，所以才有"情景交融""情因景见""景中带情"，甚至有"一切景语皆情语也"的话。细想起来，天地间一切所谓"景色"，有哪一样不是通过人才获得它的意义的呢？由于人具有独特的思维本领，不仅能够反映客观世界，而且还能改造客观世界。所以，一切自然界的景物，在艺术家的笔下，就被染上人的色彩。图画中的山水，不会完全同于自然界中的山水，诗词就更是如此了。

所以，我们一说到"景色"，其实就已经带上人的思想感情，有了人力加工的成分，不再是纯粹的大自然。正如石头不再是地质学意义的石头，花草也不再是植物学意义的花草那样。

必须这样，我们才能充分欣赏诗词中的自然描写之美。

范仲淹是融情入景的能手。你看他这首《苏幕遮》又给我们描下一幅动人的秋景。但它和《渔家傲》不同，它是鲜艳浓烈的秋天；而就在这幅色调浓烈的画卷中，有一股强烈的感情扑人而来。我们看到的不仅是浓烈的秋色，更主要的是感受到它那深挚的怀人之情。

湛青，连云彩也变得湛青的天穹，它下面是一片铺满黄叶的原野。一眼看去就使人猛然感到秋天已经来临了。这充满秋色的天地，一直向前方伸展，同一派滔滔滚滚的江水连接融合起来。而大江远处还抹上一层空翠的寒烟，让江水和天空都显得迷蒙莫辨了。

正是斜日西下的时候，远近的峰峦各各反射着落照余晖，把夕阳的残光一步步带到更为遥远的地方。看到这一派景色，远游的客子陡然从心底里飘出一缕思乡之情，仿佛随着夕阳的残光远远飘荡开去，一直飘出斜阳之外，飘落在芳草萋萋的故乡，飘落在绿茵如染的自己的家院。

"芳草"为什么就是诗人的家乡呢？这里面暗中化用了《楚辞》的话："王孙游兮不归，芳草生兮萋萋。"意思是王孙远游不归，只见家乡的芳草丰盛地生长。后来李商隐也说："见芳草则怨王孙之不归。"（见文集《献河东公启》）可见，"芳草"远在"斜阳外"，就不单是指自然界中的芳草，而是借芳草来暗示诗人的家乡远在天际，好像越出斜阳之外，比斜阳更要遥远了。

上片，真是好一幅阔大而又秾丽的秋色；但谁又能说它不是在强烈抒情呢！

于是我们又不禁想到《西厢记》。你看它这几句：

碧云天，黄花地，西风紧，北雁南飞。晓来谁染霜林醉？总是离人泪。

——第四本第三折

先勾勒一幅凄紧的秋景，然后在"霜林醉"下面加上点睛之笔——"总是离人泪"。于是，"恨成就得迟，怨分离得疾，柳丝长，玉骢难系……"强烈的感情就像流水落花，奔迸而来了。

这位杂剧高手是善于汲取前人掘出的美泉的。化用得真好啊！

范仲淹在上片融情入景，下片就顺着景物所构成的意境，让汹涌的情潮尽情倾泻出来：

"黯乡魂，追旅思。"——上三字是作者妻子的梦魂。下三字是作者自己的思家之念。妻子黯淡凄楚的乡魂，追寻着旅外游子的思家之梦。两种感情的化身在茫茫的空间互相寻找，互相吸引，"乡魂"终于"追"上了"旅思"，于是夫妻俩就在梦中蓦然相会。

"黯乡魂"三字，解为"思念家乡，黯然消魂"。或认为"乡魂、旅思是互文"。这当然也是一种说法。唐诗人储光羲《渭桥北亭作》诗："乡魂涉江水，客路指蒲城。"就是这种乡魂。可是在此词中，却很难处理那"追"字。按江淹《别赋》，先写"行子肠断，百感凄恻"，再写"居人愁卧，怳若有亡"。然后说："知离梦之踯躅，意别魂之飞扬。""离梦"是一方，"别魂"又是一方。范仲淹此词也是双方并举，所以句中用一"追"字。这样来理解下片的开头，似乎更能贴近作者当时的心境。

"夜夜除非，好梦留人睡。"——不料非常短暂，而且还是梦中。然而显然是有了那次梦中相会，才引起这样的渴念；而且还可见，没有这样的好梦，便只有无尽的思忆。

"明月楼高休独倚"——看来又是"寻好梦，梦难成"，翻起身来，又靠在高楼的栏杆上。然而一轮明月，反而引起愁怀，所以又觉得"休倚"为好。倚是难过，不倚也同样难过。他在倚和不倚之间徘徊，真是"欲倚还休，欲休还倚"。

"酒入愁肠，化作相思泪"——终于还是"休倚"了。回到室内，借酒浇愁，忘却这分相思，也解决倚和休倚的矛盾。这该是没有办法中的办法吧！但那结果也不曾稍好一点。酒立即化成相思之泪，泪比往常还更多了……

让我们再回环细读两遍：秋浓似酒，乡思又更浓于酒；梦魂难接，明月更增添相思之苦；于是酒入愁肠，不料酒却化成相思之泪，越发无法开解了。

柔情似水，蜜意如绵，出自一位历史上有数的"名臣"口中，然而丝毫不曾贬损他那高大的形象。

"酒入愁肠，化作相思泪。"真是一语点破了艺术上客观和主观的微妙关系。

酒，不过是千万客观事物中的一种，然而一旦进入愁人的肠中，却化为主观的相思了。一切自然景物不是也有同样的转化能力么？懂得酒可以化成相思泪，甚至"酒未到"也可以"先成泪"（见范仲淹《御街行》），景与情、物与我，在文艺作品中怎么可以截然分割呢？

这首词先从写景入手，写出很典型的高秋景色，境界开展阔大。这种开阔的境界，却用那句"山映斜阳天接水"为关捩，转入"芳草无情"，轻轻传出作者思乡的念头，景与情之间的衔接是非常巧妙的。"芳草"无情而人有情。无情的芳草能远出斜阳之外，伸到自己的故乡，而人呢？富于感情的人反而不如芳草！这正是人生最无法开解的憾事。这里已不是写芳草斜阳，而是强烈地抒发沉重的怀人之情了。

下片在抒情中进一步刻画作者本人的形象。那思乡的梦魂，那梦里的欢笑，那倚楼的孤影，那带酒的泪痕，都是竭力渲染勾勒人物，让他的形象鲜明而突出。

在抒情与写景中完成对人物形象的塑造，这是我国古典诗词的特长。它很值得我们从中汲取经验。

张先

990—1078年，字子野，湖州人。天圣八年（1030）进士，尝知吴江县，仕至都官郎中。有《子野词》一卷。

一丛花

伤高怀远几时穷？无物似情浓。离愁正引千丝乱，更东陌、飞絮蒙蒙。嘶骑渐遥，征尘不断，何处认郎踪？

双鸳池沼水溶溶，南北小桡通。梯横画阁黄昏后，又还是斜月帘栊。沉恨细思：不如桃杏，犹解嫁东风。

这是张先早年的作品。

据说，张先曾经同一个出家的少女相好，后来两人分了手，作者十分眷念，就写了这首词来排遣愁怀①。

词是模拟那少女的心情写的。

上片描绘了一幅送别的场面。

开头两句，是整首词的感情的概括。

人在登临高处的时候为什么会伤感？人为什么会怀念远方？为什么这种伤怀又是无穷无尽的？诗人首先提出这个问题。随即他便回答道："无物似情浓。"是因为人有情感；而这种情感是任何事物也不能比拟的。

虽然是一首小词，但也能提出人生的重大问题。人与人之间真挚的感情，该怎样认识和评价呢？欧阳修在《玉楼春》里写道："人生自是有情痴，此恨不关风与月。"他认为感情自是人类的一种本性。晏殊在《踏莎行》里说："当歌对酒莫沉吟，人生有限情无限。"便好像是"天若有情天亦老"（李贺《金铜仙人辞汉歌》）的换一种说法。他的"情无限"，不就是张先的"伤高怀远几时穷"的呼应吗？所以欧阳修的《减字木兰花》又说："伤离怀抱，天若有情天亦老。"感情丰富的词人，在对待人与人之间的真挚感情上，都是十分珍惜的。

在"无物似情浓"这样概括一笔之后，作者就进一步写出"离愁"。"离愁"怎样？是像"千丝乱"，又是像"东陌"柳树上的"蒙蒙飞絮"。写愁情的无穷无尽，无边无际，同时就有李冠的"一寸相思

千万绪，人间没个安排处"。又有晏殊的"无情不似多情苦，一寸还成
千万缕"。两人好像如出一口。以后又有贺铸《青玉案》："试问闲愁
都几许：一川烟草，满城风絮，梅子黄时雨。"他的"满城风絮"，应是
受到张先的"更东陌、飞絮蒙蒙"的启发吧。

那为什么会有这段离愁呢？是回忆那回两位恋人分手时的情景：

那时候，正值暮春天气。在分手的时候，杨柳纷披，更增添了离
情别绪。但不知是杨柳千条随风乱拂引得离人的心情更缭乱呢，还是
离愁千缕使得风中的柳丝显得更缭乱呢？更何况，柳絮漫天盖地，蒙
蒙一片，仿佛是漫天盖地的离人之愁，柳絮随风缭乱飞舞，也仿佛离
愁缭乱得使人无法收拾。

看！情和景在这里织成一片了。不知是情加强了景，也不知是景
加强了情，但觉这离愁是无限广阔，也无限缭乱。

下面是专就那女郎方面来写。这里使人看到有如《西厢记》杂剧
"长亭送别"那一幕，但也许只是两人私下里话别罢了：

"嘶骑渐遥，征尘不断，何处认郎踪"——两人分手了。他骑着马
儿一步一步去远了。在朦胧的光影中，只听到马儿的嘶叫。地面上腾
起尘土，同漫天柳絮一搅拌，连人影都消失了。

以上是一段追忆。

下片，画面转入黄昏，她依旧回到自己居住的地方。

那是一座孤零零的小楼，楼前有一湾塘泊，密密长满了春草。塘
水一直向前面伸展，远处横着一排树木。地方倒是挺幽静的。

"双鸳池沼水溶溶，南北小桡通"——她记起了她和他那段美好的生活。特别是当她从小楼上看下去，看见一对对鸳鸯在池塘里戏水，她就想起：在池塘的对岸，她一眼就能认出来的小船儿正在水面上慢慢飘近了来；而每一回都引起她心脏的强烈跳动……

"南北小桡通"五字，粗看真像是一句闲文。其实换头的文势十分紧迫，决然容不下一句闲文（描写一下与主角毫无关系的来往南北的小船儿）。这五个字是吃紧的。它暗暗递出了两人那段幽会的经历。所以先用"双鸳"来从旁衬托，又用"水溶溶"来增添欢乐的气氛。我们要细细体会，才能悟出这句话的意思。

"梯横画阁黄昏后，又还是斜月帘栊"——如今，那人已经远去了。每当黄昏过后，梯子便拉了上去，横搁在小楼一角（旧时有些建筑物的梯子是活动的，白天把它放下来，到夜里，靠地下那一头拉起，楼上楼下就隔绝了。李商隐《代赠》诗"楼上黄昏欲望休，玉梯横绝月中钩。芭蕉不展丁香结，同向东风各自愁"同"梯横画阁黄昏后……"是同一个意思。）楼上只剩下她独个儿。斜月像往常那样，依旧照进帘栊，只不过这回是投下了她的孤影。

她忽然产生了强烈的怨恨：

"沉恨细思：不如桃杏，犹解嫁东风"——一种无可开解的寂寞，使她诅咒那些让她变成"出家人"的恶棍：我真是连桃花和杏花都比不上，它们还能够嫁给东风，在春天的怀抱里结出果子来。自己呢，连起码的做人的幸福都给剥夺干净！

它是代表了千千万万被迫出家为尼的少女的怨愤的。

那是个吃人的社会。

"不如桃杏……"有人说是"无理而妙"。不知道这"无理"正是那摧残人性的社会,那笑脸吃人的宗教制造出来的。

便是从艺术构思来说,也不见得无理。唐代王建《宫词》有两句说:"自是桃花贪结子,错教人恨五更风。"李贺《南园》诗:"可怜日暮嫣香落,嫁与东风不用媒。"就是"桃杏嫁东风"的出处。后来贺铸的《踏莎行》"当年不肯嫁春风,无端却被秋风误",则又是把韩愈的《落花》诗"无端又被春风误",加上张先的"不如桃杏,犹解嫁东风"加以点化,成为咏残荷的名句了。有些词人是善于玩弄这些伎俩的。

张先写了不少艳词,大都是感情浅薄,甚至是随手应付之作。这是因为他平生流连花酒,"多近妇人"。因此苏轼给他的诗,才有"诗人老去莺莺在,公子归来燕燕忙"的句子。不过,这首《一丛花》,比较深刻地体贴了少女的心情,反过来衬托自己对她的怀念,却是写得很成功的。

①宋皇都风月主人《绿窗新话》上引《古今词话》云:"张先尝与一尼私约,其老尼性严。每卧于池岛中一小阁上,俟夜深人静,其尼潜下梯。俾子野登阁相遇。临别,子野不胜倦倦,作《一丛花》以道其怀。"字句与《张子野集》所载词小异。

木兰花

龙头舴艋[1]吴儿竞，笋柱秋千游女并。芳洲拾翠暮忘归，秀野踏青来不定。

行云去后遥山暝，已放笙歌池院静。中庭月色正清明，无数杨花过无影。

[1] 龙头舴艋（zé měng）——指江南水乡常见的一种饰以龙头、体型扁窄的轻便小龙舟。

历代词选家大都认为"无数杨花过无影"是一时名句。它之所以得名,从艺术的角度看来,唯一的好处就在于观察事物的细致入微。

谁都知道,小说要求有细节的真实。但是在诗词中似乎没有人特别提出过。其实细节的真实在诗词中也一样用得上。只是诗词中细节的真实同小说的不完全一样,它主要是要求突出诗的意境,而不仅服从于故事情节人物行动的要求。

"无数杨花过无影"确是观察入微的。杨花(柳絮)在月光底下飘过有没有影子?乍问起来很难回答,因为平时不曾留意。如今经过作者点出,就觉得很新鲜,也颇有诗意。由此可见,尽管是很微小的事情,你能在别人还没有留意的时候展慧眼、舒妙手把它擒住,以诗的意象加以重现,同样能够收到耳目一新的效果。

这首词题为"乙卯吴兴寒食"。作者是浙江吴兴人,词中写的是他家乡寒食节日的热闹和个人的心理活动。乙卯是神宗熙宁八年(1075),作者已是八十六岁的老人了(据夏承焘《张子野年谱》)。

词的上片尽情写出节日的热闹。下片却转而进入极冷静的境界。在写这种冷静时,又用无数缭乱的杨花反衬出来,颇像王维的写景小诗,静境是通过热闹的事物来传达和感染读者的。

但也反映了作者晚年的特殊心境。青年人的心情和老年人的心情很不相同,对于热闹的节日、欢庆的场面,彼此之间也是反应不同的。青年人追求热闹,全身心都能融进热闹里,热闹过了,还保留着心情的兴奋。老年人却不同,在热闹中还忘不了安静,热闹过后更是要求安静下来。张先在这首词里，真实地写出自己这种暮年的感觉。

那时候，寒食节日有龙舟竞赛，这恐怕是吴地相沿的风俗。我们从寒食赛龙舟这个地方习俗，倒证明了赛龙舟是为了纪念屈原的无稽。因为相传端午是纪念屈原的节日，寒食是纪念介子推的节日。既然寒食也赛龙舟，可知它与屈原无关。它是东南水乡民间的旧俗，来历一定很古了①。

相传寒食节玩秋千是北方山戎的习俗（《渊鉴类函·岁时部》引《古今艺术图》），《天宝遗事》又说是唐代宫女的游戏。不知何时流行到东南各省来。秋千这玩意，正如跷跷板在朝鲜族是女孩子的玩意一样，少女们凭借它可以大显身手。它可以由单人表演，也可以由双人表演。在郊外临时搭起几座秋千，装饰得五彩缤纷。女郎也穿上五彩缤纷的衣裳，凌空飞舞，能同秋千架子扯个齐平，大有"风吹仙袂飘飘举"的姿态，你隔着杨柳梢头都能看见她们飘扬起来的裙子。

以上，一句是写男子辈，一句是写女儿们，使人看到水上岸上一派热烈的气氛，听到一片喧呼的热闹。

江边的浅滩，河上的洲渚，都长满了各色各样的花花草草，那原是野鸟做巢的地方，平时人迹罕至，只有寒食清明这几天，女孩子们打伙儿来了，她们要找那种种色色野鸟的羽毛，看谁能找得最美丽、最出色的，看谁能找到最繁复的不同花样。她们披花拂草，专心细意地找，比较着、吵嚷着，那种兴致，简直连天黑下来都不知道了。原来"拾翠"这种风俗，来历也很古。三国时代曹植写《洛神赋》，已有

"或采明珠，或拾翠羽"的话，杜甫《秋兴》诗也有"佳人拾翠春相问"的句子。可见从汉到宋，都有这个风俗。

至于郊野之上，人群就更多了，整天人来人往不绝。金盈之《醉翁谈录》说："冬至后一百四日为大寒食，一百六日为小寒食。或以一百五日为官寒食，一百四日为私寒食。"幽兰居士《东京梦华录》说："寒食第三日即清明节矣，凡新坟皆用此日拜扫，都城人出郊……四野如市，往往就芳树之下，或园囿之间，罗列杯盘，互相劝酬，都城之歌儿舞女，遍满园亭，抵暮而归。"所以也叫"踏青"。

上片这种写法，像是国画里的四幅立轴。一幅画着水上龙舟，一幅画着柳阴中秋千上的少女，又一幅是"拾翠图"，最后一幅是"游春景"。这种写法在律诗中常有。例如杜审言《奉敕咏南山》："北斗挂城边，南山倚殿前。云标金阙迥，树杪玉堂悬。"张均《岳阳晚景》："晚景寒鸦集，秋风旅雁归。水光浮日出，霞彩映江飞。"都是如此。在词里，这种写法却不多，因为容易显得平板。但张先此词是极力渲染节日气氛，这样下笔自有他的道理。

下片，画面来了个大转换，这位词人的情绪也来了一个大转换。

"行云去后遥山暝，已放笙歌池院静"——他从热闹的郊外回自己家里，正赶上歌儿舞女都已经表演完了，纷纷散队去了。天色暗下来，屋内屋外便显得一片平静。

句中的"行云"和天上的云无关，那是当时舞女的代称。在宋词里这种用法很多，如晏殊《凤衔杯》"暂时间留住行云"。晏幾道

《临江仙》"当时明月在，曾照彩云归。"指的都是歌舞伎人。张词中的"行云去后"和"已放笙歌"其实是同一件事，指歌儿舞女都已表演完毕。句中那个"放"字，正是指歌舞队伍散去。冯延巳《采桑子》"笙歌放散人归去"，是同一意思。宋代的歌舞，出场叫"勾队"，下场叫"放队"或"遣队"。王国维《宋元戏曲史》引郑仅的《调笑转踏》后说："此种词前有勾队词，后以一诗一曲相间，终以放队词，则亦用七绝。此宋初体格如此。"

老人这才觉得可以享受一下幽静的趣味。

这时候，月亮出来了，恰恰把它的清光洒在院子里。

微风吹拂，柳树上的轻絮随风飘舞，在月光底下，依稀可以看见它们在院子里游荡着、回转着，忽然又穿出墙外去。

可是，在地下，它们却不曾留下一点影子，仿佛它们都是没有影子的怪物。

这种细微的境界，在一个心情异常清静的老人眼中，分明给放大了。

没有更多的内容，也没有付出艰辛的构思。它好像是随意挥洒而成的小品画，轻巧自然，只有那么一点点艺术趣味，我们正不必追求它有什么更多的深意。

北宋词坛好以警句互相标榜，那也是一时风气。张先的"三影"②，宋祁的"红杏"③，以至贺铸的"梅子黄时雨"④……都是陆机《文赋》所谓"立片言以居要，乃一篇之警策"。作者以此自矜，别人也乐于称道。从提高作品的艺术性来说，自然无可非议，但也不能过分强调，否则也会引致单纯追求警句而忽视全篇的偏向的。

①宋吴自牧《梦粱录》卷二记载："清明节……此日又有龙舟可观，都人不论贫富，倾城而出，笙歌鼎沸，鼓吹喧天，虽东京金明池未必如此之佳。"
②三影——"云破月来花弄影""柔柳摇摇，坠轻絮无影""娇柔懒起，帘押残花影"。
③见本册宋祁《木兰花》。
④见下册贺铸《青玉案》。

晏殊

991—1055年，字同叔，临川人。七岁能属文，景德二年（1005）以神童召试，赐进士出身。累擢知制诰，翰林学士。庆历中，拜集贤殿大学士、同中书门下平章事、兼枢密使。卒谥元献。尤擅小令，风格含蓄婉丽。有《珠玉词》一卷。

踏莎行

　　小径红稀，芳郊绿遍。高台树色阴阴见。春风不解禁杨花，蒙蒙乱扑行人面。

　　翠叶藏莺，珠帘隔燕。炉香静逐游丝转。一场愁梦酒醒时，斜阳却照深深院。

生活在承平时代的晏殊，自幼便以神童的声誉获得皇帝的赏识。登第以后，历任中枢和外郡官吏，一生没有受到很大波折。宋朝优待官吏的制度，又给他安排了优厚的生活条件；再加上他那"喜宾客，未尝一日不宴饮"（叶梦得《避暑录话》），"留守南都……日以饮酒赋诗为乐"（叶梦得《石林诗话》）的生活积习，使他的"及时行乐"思想显得特别突出。我们随手翻翻他的词集，就可以看到这类的句子：

座有嘉宾尊有桂，莫辞终夕醉。

不向尊前同一醉，可奈光阴似水声。

一晌年光有限身，等闲离别易销魂，酒筵歌席莫辞频。

在一部《珠玉词》中，这一类耽于享乐的篇章，几乎触目皆是。他怕的是年华易老，欢事无多，因此常常发出"夕阳西下几时回""何人解系天边日"的叹息。这并没有什么奇怪，因为地位、名声都有了，生活也够舒服，已经没有更高的奢求；只是对于不可抗拒的自然规律——衰老和死亡，不能不感到无可奈何，在抒发情感时往往不自禁地流露，而在宴乐中就更表现为"行乐须及时"了。

及时行乐或感叹时光易逝，其实都是一对双生子。不过一个的面孔是喜乐的，一个的面孔是忧伤的。但那忧伤也不过是淡淡的哀愁，同真正的忧伤不是一回事。晏殊这一首《踏莎行》就是一个明白的例子。

有人在五代北宋的词人中，硬求所谓讽喻寄托，于是出现了一种"凿之使深"或探幽索隐的解释。清代嘉庆年间，武进人张惠言特别提出这种宗旨。他在所录《词选》中硬是给那些本来就是花间、尊前的遣兴之作安上"莫须有"的思想。例如温庭筠的《菩萨蛮》变成《感士不遇赋》，韦庄的《菩萨蛮》也成为政治诗。这都是很难令人信服的。文艺作品的思想内容不可能脱离时代。任何一种文体也总有它成长、发展、变化的过程。词在开头的时候，封建士大夫不过以为它是不能登大雅之堂的小摆设，哪里想到在其中灌注政治的讽喻！即使灌注了，当时又谁能领会呢？晏殊这首《踏莎行》，张惠言也不过以为"亦有所兴"，未作具体猜索，而晚清的谭献就硬是肯定为"刺词"了。再到了黄蓼园手里，索性大做文章，无中生有。他在《蓼园词选》中分析此词时说：

> 首三句言花稀叶盛，喻君子少、小人多也。高台指帝阍。东风二句，言小人如杨花轻薄，易动摇君心也。翠叶二句，喻事多阻隔。炉香句，喻己心之郁纡也。斜阳照深深院，言不明之日，难照此渊也。

这简直是随心所欲地胡猜硬套。照这样来"钻牛角"，那结果不过是把读者引入歧途，让后者成为又一种索隐派的俘虏罢了。

五代和北宋早期的词人，除了李后主这样极少数的例外，基本上还离不开在花间樽前即兴唱酬的门路，他们的作品绝大多数都是拿给歌女演唱的，写的时候本来就是"持酒听之，为一笑乐而已"（晏幾道自序《小山词》语）。即使是抒写本人的感慨，也是直抒性灵，毋须隐讳，哪里就会动不动来个君子小人的讽喻！何况他们要有所讽喻，也尽有许多别的文体可供选择，何必在这种还"不登大雅之堂"的小词中进行寄托？岂不是白费心思！

常州派词论家周济也知道不应在北宋词中乱求寄托。他说："初学词求空，空则灵气往来。既成格调求实，实则精力弥满。初学词求有寄托，有寄托则表里相宜，斐然成章。既成格调求无寄托，无寄托则指事类情，仁者见仁，智者见智。北宋词，下者在南宋下，以其不能空，且不知寄托也；高者在南宋上，以其能实，且能无寄托也。南宋则下不犯北宋拙率之病，高不到北宋浑涵之诣。"（见《介存斋论词杂著》）北宋词的无寄托并不是它的缺点，因为这是时代的局限。我们既不该怪词人，也不必硬在他们的作品中求什么寄托，这才是求实的态度。

其实晏殊这首《踏莎行》，内容还是脱不了伤春光之易逝，感人生之短暂，和他写的同一类的作品的基调是一个样。

不妨逐句加以分析：

"小径红稀，芳郊绿遍"——这是春晚夏初的特有景色：人走在小路上，两旁长着许多高高矮矮的树木，却只有稀稀疏疏点缀着少数的红花；再看整个郊野，一望碧绿，野草灌木漫山满地连成了一大片。春色已经消逝衰谢，初夏的气息却已十分强烈了。

"高台树色阴阴见"——人走上高台，凭栏四望，远远近近的树木，幽幽阴阴，浓绿满眼。春天真是快要逝去了。

"春风不解禁杨花，蒙蒙乱扑行人面"——这是一幅活泼泼的春阴画图。它把上面的气氛用近景加以扩大：你看，柳絮飞扬，漫天漫地，还不断地夹头夹脸地向过路人扑过去。时候到了，杨柳凭着它的本能要繁殖后代，它们蒙蒙漫漫，随风乱舞，仿佛要加快速度把春天全部送走。

这上片，带有浓重的惜春之感。可是在作者笔下，春色仍然是很美的，一点也不显得衰飒。我们又仿佛看到唐代大诗人王维用活泼热闹的景物去描写幽静环境一样，真是很高的手法。

这整整的一大段，我们假如另外拿几个现成的字眼去形容它，那就正是李清照笔下的"绿肥红瘦"——绿的势力渐渐增强了，而相反，红的却渐渐消减了。

转入下片，诗人已经回到室内来了。

"翠叶藏莺，珠帘隔燕"——上句说，浓绿的树叶把黄莺儿的活动都遮掩起来。下句说，燕子早就定居在人家檐廊之间。是再点染一下春末夏初之景。

"炉香静逐游丝转"——人在春困之中睡着了。室内异常沉静，只有博山炉上的香烟，柔柔袅袅，像树上挂下来的游丝在空中飘荡。

然而，这只是表面一层，它还藏着潜台词，那意思是说：闲里的光阴一点一点地逝去，正如炉烟袅娜，逐渐消失于虚空之中。

"一场愁梦酒醒时，斜阳却照深深院"——本来是伤春，因伤春而小饮，因小饮而困眠。当他一觉醒来，原来夕阳已经斜斜照进深院之内。

上面反反复复写了许多晚春的景物，到此际才下了一个"愁"字，以此点出此词的基本情调。"愁梦"是春愁之梦。可见前面一大段，回环往复，写的尽是对春逝的惋惜。

"愁梦酒醒时"却接以"斜阳照深院"，诗人不过要告诉我们此时的感受：一醉醒来，斜日已经很低，一天的光景就如此悄悄地溜走；一天既是如此，一春岂不也是这样！短暂的人生就在夕阳光影之中一点点消磨净尽了。

诗人的想法不过如此而已。

整篇使用了委婉其词的手法，却不是神秘的比喻什么君臣、善恶。诗人只是巧妙地运用景物的暗示能力来烘托作品的主题，让读者细细去寻味它的含义罢了。它的艺术技巧是高明的，但它的思想却并不值得恭维。

两宋词坛中，像这样一类作品，委实不少，这是需要读者自己善于分辨、取舍的。

浣溪沙

一曲新词酒一杯，去年天气旧亭台。夕阳西下几时回？

无可奈何花落去，似曾相识燕归来。小园香径独徘徊。

晏殊的词集叫《珠玉词》，这名字真是起得恰好。《珠玉词》里，像珠般圆转、玉似晶莹的作品委实不少。王灼说他的风格是"温润秀洁"；冯煦又说是"和婉而明丽"①，评价都很中肯。

这首《浣溪沙》是晏殊的名作之一。它很可以代表晏殊的基本风格。写得那么温雅，那么明净，恰好反映了在那个相对承平的年代，又是他那种身份地位的人的基本情调。

但是这首词却是以"无可奈何花落去，似曾相识燕归来"而知名的。

这一联基本上用虚字构成。人们都知道，用实字作成对子比较容易，而运用虚字就不那么容易了。所以明人卓人月在《词统》中评这一联时说："实处易工，虚处难工。对法之妙无两。"它虽然用虚字构成，却具有充实的，耐人寻味和启人联想的内容，这就更使人觉得难能可贵了。

为什么说它有耐人寻味和启人联想的内容呢？

你看它上句的"花"，既是指春天一开一落的花，又使人联想到其他许多一兴一亡的事情。下句的"燕"，既是指春来秋去的燕子，又使人联想到像燕子那样翩然归来、重寻故旧的人或物。"花"和"燕"变成一种象征，让人们想得很开，想得很远。

举例说吧，"无可奈何花落去"，可以比拟去如逝水的年华，又可以比拟那无可回复的童心；但也可以喻指那些在历史上注定要消亡的东西。同样，"似曾相识燕归来"，人们也不妨作出不止一端的联想和比拟。不是有个小说就用《燕归来》为题，喻指小说中那个去而复返的女主人吗？

"无可奈何……"显得何其无情；"似曾相识……"又是何其有情！一无情，一有情，对照强烈，互相激射，这样也构成此联起伏跌宕的艺术美。

可见这一联之所以著名，并不是偶然的。

现在，让我们回过头来分析整首词的安排结构。

词的上片是写他持酒听歌的情景。

那个时代，富贵人家少不免都有自己的歌儿舞女，随时随地都可以演出。不要说大排筵席，便是家庭小宴或朋友清叙，都常有歌舞助兴。晏殊的小儿子晏几道曾追述自己的往事说：

始时，沈十二廉叔、陈十君宠家，有莲、鸿、苹、云，品清讴娱客。每得一解，即以草授诸儿。吾三人持酒听之，为一笑乐而已。

——《小山词自序》

这就可见当时社会风气之一斑。

晏殊是在自己私人的小花园里一面喝酒一面听歌，又趁着酒兴写些小词给歌儿们当场演唱的。所谓"一曲新词酒一杯"，写的正是这种场景。

但他在此时却忽然记起去年的事。

也是眼下那暮春时节，一样的风和日丽，一样的亭台楼阁，也同样是"一曲新词酒一杯"的场景。可是岁序匆匆，不觉之间一年又已过去了。去年这个时候，在醉意阑珊之中看着一步步西下的红日；如今，同样也是这个西下的红日，人却比前又老了。因而他不禁发出"夕阳西下几时回"的感想。这是人生短暂、年华不再的深沉叹息。

于是他站起身来，背剪双手，在园子里徘徊起来。

看见繁花纷纷落地，他不禁低头叹息："哎！真是无可奈何！"

小燕子飞来了，就在屋檐下并排歇息，他又似惊还喜："那不是旧年时的一对吗？似曾相识啊！"

冲口而出，构成一联。

难怪晚清评论家刘熙载说这两句是"触着"②。

"触着"是什么意思？就是所谓"文章本天成，妙手偶得之"。用现代语言来说，生活中本来便有无限可以构成文艺作品的素材，但有人能从生活中汲取，有人却缺乏这种本领；也有人冥思苦想，未必能把素材提炼筛选得好，有人却能在某种触发中写出精警的成品。然而不管是"触着"，还是"偶得"，没有平时的生活积累，没有一定的艺术素养，却又只是一句空话。

所以尽管是一首小词，或诗词中的一联一句，要写得真好，总不能靠碰一碰运气的——我是这样来理解"触着"。

①见王灼《碧鸡漫志》及冯煦《宋六十一家词选例言》。
②见刘熙载《艺概》。有人说此联下句是别人替他想出来的。见《复斋漫录》，未必可信。

采桑子

　　时光只解催人老，不信多情，长恨离亭。泪滴春衫酒易醒。

　　梧桐昨夜西风急，淡月胧明，好梦频惊。何处高楼雁一声？

这是晏殊一首脍炙人口之作。

短短四十四个字，写出人生一种深沉的感慨。音节如此嘹亮，情感如此郁勃，真像听到天际的一声雁唳。虽然是那样短促的数声，却悲凉凄紧，盘旋回荡，使你的心情无法立刻平息下来。不过，它虽然使你沉思，惹起你一缕闲愁，却不会使你觉得阴森恐怖。它那强力震撼的幅度，恰好维持在你情感能容纳的宽度之内，因而你的感动是在情感的振幅之内回荡，是引起深深的赞叹，浮起对人生的许多联想。正如一杯真正醇美的酒给你产生的魅力。

好的艺术作品就有这种效果：以它的力量强烈袭击你，你却紧紧迎抱它。就在这一刹那，你的感情忽地向上升华了。在惊喜交集中，你似乎进入一个新的境界。这也许便是艺术的力量。

晏殊是处在北宋承平时代的一位高级官吏，他的作品一般说没有很了不起的思想深度，生活的圈子也不阔大。他有一角安静而又并不沉寂的小天地。就在这一角天地里，他抒写了他的欢乐与悲哀，感情却是如此真挚，笔下又是如此光华。从来欣赏他的作品的人都由衷敬佩，不是没有理由的。

让我们看看他在这首小词里怎样来打动广大读者的心灵吧。

"时光只解催人老"——这是每一个珍惜时光的人同样都有的感受。看似平常，细想起来，所谓"时光"，到底是怎么回事？它除了每时每刻催人老去，还有别的什么意义呢？诗人一入手就端出"时光"这个问题逼到人们眼前，逼着人们不能不点头承认：这是无可奈何的事实。这样就先把读者的感情有力地调动起来了。

"不信多情，长恨离亭"——人，是宇宙间富有感情的生物，照理在亲人之间，不应该永远彼此分开，永远在离别之中过日子吧。可是，尽管你不相信事情会如此不妙，事实却又正是如此。再想想吧，人一天天地老下去，又一天天地隔别着。如今，你不相信的不由你不相信了。这又怎能不使人为之慨叹不已？

"泪滴春衫酒易醒"——因为感时光之易逝，怅亲爱的分离，无可开解，只有拿酒来暂时麻木一下自己；然而不久便又"泪滴春衫"，可见连酒也不能使自己暂时忘却烦恼。

以上三句，三层抒发，一层比一层追紧。惊心于时光易逝，这是一。想不到有情人长期隔别，这是二。企图忘却而又不能忘却，这是三。三层意思，层层相扣，层层拉紧，把读者投入强烈的心情震荡之中。

于是，在下片，诗人进一步给你以更具体、更浓密的形象，使你的心灵震荡达到最高的频率。

"梧桐昨夜西风急，淡月胧明"——已经是"泪滴春衫酒易醒"，忽然西风飒飒，桐叶萧萧，一股凉意直透人的心底。抬头一看，窗外淡淡月色，朦胧而又惨淡，仿佛它也受到西风的威胁。

"好梦频惊"——这好梦，是离人的重逢？是生活的欢乐？是美好事物的幻现？……然而每当希望它多留一霎的时候，它就突然破灭了。而且每当一回破灭，现实的不幸之感就又一齐奔集而来。此时，室外的各种音响，各样色彩，以及室中人时光流逝之感，情人离别之痛，春酒易醒之恨，把刚才的好梦全都打成碎片了。

这里，"好梦频惊"四字恰似点睛之笔，它一手拉着上面，一手牵起下面，把室中人此际的感受放大成为一个特写的镜头，让人们充分感受其中的沉重的分量。

"何处高楼雁一声"——杂乱的音响、色彩，室中人沉抑的情绪正在凌乱交织之中，突然飞出一声高亢的哀音。这一声哀厉的长鸣，是如此突如其来，使众响为之沉寂，万类为之失色。这是孤雁的哀唳，响彻天际，透入人心，它把室中人的思绪提升到一个顶峰了。这一声代表什么呢？是感觉深秋已经更深吗？是预告离人终于不返吗？还是加剧室中人此时此地的孤独之感呢？不管怎样，它让人们想得很远，很沉，一种惘惘之情使人不能自已。

伤离，难道就是不健康的吗？不！它是正常人的感情。也是对不合理的现象的控告。谁能容忍亲人的永远离别呢？谁能说它是"合理"的现象呢？因此，像反映这样的感情的作品，又怎能不引起广大读者的共鸣呢？

蝶恋花

　　槛菊愁烟兰泣露，罗幕轻寒，燕子双飞去。明月不谙离别苦，斜光到晓穿朱户。

　　昨夜西风凋碧树，独上高楼，望尽天涯路。欲寄彩笺兼尺素，山长水阔知何处？

端正好

杜安世

　　槛菊愁烟沾秋露，天微冷，双燕辞去。月明空照别离苦，透素光，穿朱户。

　　夜来西风凋寒树，凭栏望，迢迢长路。花笺写就此情绪，特寄传，知何处?

我特意把上面两首词并列在一起，让读者对照着看。我想读者看了以后，一定会觉得奇怪的。

两首词内容基本一样，不但写景抒情相似，连构思都是雷同的。可是作者和词牌却都不同。是谁抄袭谁的？年代孰先孰后？现在我们实在都无从回答。

但是有一点是很明显的：拿两首词对比研究，那高下精粗之别一眼就能看出。前者，晶光焕发，奇彩四射；后者，干瘪粗陋，黯淡无光。真像一件传世奇宝和一件蹩脚的赝品并列在一起。

本来，既然描写的内容相同，表达的情感差不多一样，连艺术构思也像从一个模子里出来，仅仅有些字眼儿变动，为什么艺术效果竟会完全不一样？这真是一个值得很好去探究的问题。

几个字眼儿看来不太重要。假如不是文艺作品，只要表达的意思准确无误，行文用字是不必太计较的。可是文艺作品，特别是诗词，情况就完全两样了。三几个字眼儿的变动，就会出现大不相同的效果。许多评论家都引用过"春风又绿江南岸"和"前村深雪里，昨夜一枝开"之类的例子。这些例子也都能说明问题。但到底只是一字之差。这两篇却不是一字之差，而是整篇作品艺术性的精粗高下。这里面牵涉选字的技巧、语气的斟酌、意境的安排、字面的修饰这一系列属于艺术形式方面的问题，也就是形式对于内容的作用的问题。不要一听到形式就以为是形式主义，两者本来是两回事；也不要以为换掉个把字眼儿是微不足道，它可以把一首很好的诗或词弄得面目全非。

不妨就拿这两首词进行一番解剖。

晏："槛菊愁烟兰泣露。"

杜："槛菊愁烟沾秋露。"

这句只是借物起情。一层意思说，时节已是秋色渐深。另一层意思说，连花草也带上哀愁的情态。晏和杜的区别只是杜词少了一个"兰"字，多出一个"秋"字，又把"泣"改为"沾"。少了"兰"字，物象就缺乏丰满的感觉；多出"秋"字又反而成为蛇足了。但差别仍不算大，可以略而不论。

晏："罗幕轻寒，燕子双飞去。"

杜："天微冷，双燕辞去。"

这一下就差远了。首先，"罗幕"比起"天"来，内在的感情要强烈得多。罗幕不仅是燕子每天出入必经之地，同燕子的关系十分亲切，更重要的是点出罗幕的轻寒，从而暗暗透出画堂朱户中人所感到的秋意。用了"罗幕"，主体便是有情感的人，而燕子则是作为陪衬的物。正是由于主体是人而不是燕子，所以"燕子双飞去"就不在于客观地写出燕子，而是带上室中人物特有的感情色彩，写人及其感情了。由于这句透出了人，连同上文的"槛菊"和"兰"都染上感情的色彩，而并非泛泛之笔了。

反观杜安世的"天微冷，双燕辞去"，主体只在于双燕，它们不过因为天气寒冷就飞走罢了。生物界的自然规律，和人们的感情有什么相干？我们读了无动于衷，不是完全有理由吗？

其次，"罗幕""轻寒""燕子""飞去"八个字紧紧扣在一起，暗示室中人本已十分孤寂，加上秋意凄恻，不料连燕子也不辞而别，那苦恼更是可想而知。可是杜安世硬加上一个"辞"字，好像双燕还会向人辞行，这就反而把本来构成的强烈情感给削弱了。

晏："明月不谙离别苦，斜光到晓穿朱户。"

杜："月明空照别离苦，透素光，穿朱户。"

晏殊的意思，不但燕子不辞而别，这般无情，连月亮也不懂得人的离别之痛。这就比杜的"空照"更为深刻。正如契诃夫笔下的马车夫要向马儿倾诉自己失去儿子的不幸那样，不幸的人，总想有人同情自己的遭遇。就算是月亮也罢，如果还懂得同情，也是一种慰藉。不料竟连明月也"不谙"，只是冷漠地"斜光到晓穿朱户"，那么，他还能向谁告诉呢？句中还下了"到晓"二字，暗示离人由于思忆而一夜无眠，比之杜安世只说"透素光，穿朱户"，那感情的分量也沉重得多。

晏："昨夜西风凋碧树。"

杜："夜来西风凋寒树。"

这句虽然只有"碧""寒"一字之差（"夜来"就是"昨夜"，可以略而不论），但给读者的感受也是完全不同的。因为原是一片碧绿的树林，仅在一夜之间，就给西风整个地毁掉了。这是多么使人心灵震动的事，怎能不引起人们许多不幸的联想（正如鲁迅先生说的：把美好的东西毁掉给人看是悲剧。）但如果本来已是"寒树"，按照自然的规律，反正是要凋谢的，有什么值得可惜呢！所以，"碧树"的凋和

"寒树"的凋,看来只换了一个字,给人的感受却完全不同。真是"差之毫厘,谬以千里"。

晏:"独上高楼,望尽天涯路。"

杜:"凭栏望,迢迢长路。"

在这里,晏殊突出了"独上",而且是"高楼"。显示人物凭高远眺,四顾茫茫,万感交集,无可告语的悲哀。"望尽"二字,又可见此人怀念之深,离人相去之远。"天涯路",说实在是无法看见的,它只存在于怀远的人想象之中。

回看杜安世的"凭栏望,迢迢长路",不但平淡乏味,而且人物毫无神采,不过是一个望远的影子而已。

晏:"欲寄彩笺兼尺素,山长水阔知何处?"

杜:"花笺写就此情绪,特寄传,知何处?"

两句是全首的结穴,因此晏殊使用了复叠句法。"彩笺"指诗词,"尺素"指书信。虽不全同,都是寄情的物事。不避重复,正是为了加强欲寄无由的可悲现实。"山长""水阔",也是复叠,同样为了强调"知何处"的怅惘。诗人在结尾有意用了重笔,使感情显得更加沉重了。我们回看杜安世的结句,就会发现它真是何其平淡,何其乏味![①]

比较这两首词,人们不难看出,选词用字,排比句式,这些属于形式的东西,绝不像装潢粉饰那么简单,更不是故意玩弄辞藻,把芳草换成"王孙",月亮说成"嫠蟾",就可以"不同凡响"了。完全不是这回事。我们说的形式,是活泼泼的有生命的东西,运用得好时,形式就和内容紧紧融成一体，成为作品生命中不可缺少的一部分。正如缺少了太阳特有的形式就不能称为太阳，缺少了月亮特有的形式也不能称为月亮一样。试看晏殊这首《蝶恋花》，换掉哪怕是几个属于形式方面的字眼儿，就整个变了样，成为杜安世名下的《端正好》了。虽然从内容来说没有多大的不同，可是谁也不想提到它了。

形式的作用，值得我们深入去探讨。

杜安世，字寿域。《全芳备祖》称之为杜郎中。大略与晏殊同时或稍后。他的作品境界不高，欠缺韵味，言情之作较多，却又大都肤浅，还显出有意造作的痕迹。比起柳永来，风格是有不少相似之处，但柳比他才华高出甚远，反映生活也比他丰富。相形之下，他只能是柳派的二三流作手。我疑心他也像柳永那样，做官不成，却向秦楼楚馆写些嘲风弄月的曲子，替歌女伶工提供演唱材料。因而虽也流传下一本《杜寿域词》（有《宋六十名家词》本），其生平行谊却湮没无闻了。

---

①晏殊此词又见侯文灿《十名家词》本《张子野词》。亦作"欲寄彩笺兼尺素"。而《词综》作"无尺素"，恐非。

宋祁

998—1061年，字子京，湖北安陆人。天圣二年（1024）与兄庠同举进士。累官知制诰，工部尚书，翰林学士承旨。卒谥景文。有《宋景文公长短句》，赵万里辑。

木兰花

东城渐觉风光好，縠绉波纹迎客棹。绿杨烟外晓寒轻，红杏枝头春意闹。

浮生长恨欢娱少，肯爱千金轻一笑？为君持酒劝斜阳：且向花间留晚照！

这是小宋相公的唯一名作（指词而说），其中"红杏枝头春意闹"又是此词的唯一名句。不仅作者当时就因此获得"红杏尚书"的美号，而且千载以来，仍然颇受倚声家的赏识。主张"境界说"的王国维甚至激动地说："'红杏枝头春意闹'，著一闹字而境界全出矣。"真是倾倒之至。

不过，人的口味有相同的，也有很不相同的。在一片赞颂声中，也有破口大骂的人。清代以研究戏曲得名的李渔便是其中一个。他说：

若红杏之在枝头，忽然加一闹字，此语殊难著解。争斗有声之谓闹。桃李争春则有之，红杏闹春，予实未之见也。闹字可用，则吵字、斗字、打字皆可用矣。……予谓闹字极粗俗，且听不入耳。非但不可加于此句，并不当见之诗词。

——《窥词管见》

这位李老夫子真是颇有悻悻然的神气。说得那么激昂，还大有推翻千古定案的味道呢！可惜在这段话里，恰恰暴露了他的不懂艺术。

他只知道"争斗有声之谓闹"，不知道无声的繁盛也可以谓之闹。不信试举北宋时期的几个例子来说吧。苏轼说："睡眼忽惊矍，繁灯闹河塘。"黄庭坚说："车驰马逐灯方闹。"秦观说："纷披枳与棘，尔复鼓狂闹。"晏殊说："宿蕊斗攒金粉闹。"韩琦说："风定晓枝蝴蝶闹。"你看，灯火、枳棘、蝴蝶、金粉，这些难道不是无声的闹？它们都可以闹，为什么红杏在枝头就不可以闹呢？

而且"闹"又有什么粗俗，为什么不能用于诗词？历代诗词用所谓

"俗字"的多得很，谁定出一条禁例，说俗字就不能用？龚自珍说得好："雅俗同一源，盍向源头讨……不见六经语，三代俗语多。"《诗经》《楚辞》满眼都是当时的俗语，不知李渔对此又作怎样的解释？

琢句用字自然要"新而妥，奇而确"。李渔认为"闹"字是不妥也不确。其实艺术是客观和主观结合的结果。客观事物本来没有声音，主观的感受却可以听出声音。"此时无声胜有声"，恰好说明主观不会完全受客观的局限，它有自己"能动"的天地。所以即使"闹"的本义是"争斗有声"，诗人仍然可以大写"灯火闹""蝴蝶闹""春意闹"。这和"不妥""不确"恰好相反，是不妥中的极妥，不确中的极确。不理解这层道理，就很难说他已经懂得了艺术。

举此为例，不过聊以"隔反"而已。

宋祁这首词是在宴会上写给一位歌女演唱的。他真是料不到居然能够流传千古。

上片写他春日游湖的所见。湖在城东，春色撩人；这一回的游比起上一回春意又浓了些，所以说"渐觉风光好"。湖面无风无浪，船儿经过只是蹙起一些细碎波纹，像丝织品中的绉纱，所以说"縠绉波纹"。

"绿杨烟外晓寒轻"——写一句远望。绿杨如烟，是从眼里看出；但晓寒却不能从眼里看出，至于晓寒的轻和重更不是能拿眼睛的视觉称量得了的。可是诗人却明明看出了"晓寒轻"，岂非奇事！其实，这不是眼睛可以代替皮肤的感觉，也不是眼睛可以代替砝码，它是人们长久的生活的积累，让眼睛具有这种本领罢了（当然，轻也是微弱的意思）。可是又不知谁人把"晓寒轻"改成"晓云轻"（见《增修妙选群英草堂诗余》卷上），也许认为"寒"是不可见的，只有"云"才能用眼睛分辨它的轻重吧！此人又未免把人对客观世界的感觉能力区分得太死板了。

"红杏枝头春意闹"——写一句近看。他看到的不仅是红杏在闹，而且是春意在闹。说"红杏闹"还有形象做根据，"春意闹"就连这个根据也没有了。可是"春意闹"却脱出形象的局限，令人感到的不仅仅是几株红杏在竞放繁花，而是整个眼前视野、整个天地都呈现春色。艺术的感染力量因此就更强烈了。所谓"著一闹字而境界全出矣"，看来便是这个意思。

下片，是一般的抒情。

"浮生长恨欢娱少，肯爱千金轻一笑"——西汉著名歌者李延年写过一首歌，有"一笑倾人城"之句。这里的"一笑"指的也是眼前一位歌女的媚态。诗人说他应该重视这一笑，这一笑比千金还重。因为人生欢乐的日子毕竟是不多的。这句话大抵也影响了《红楼梦》的作者，特意写了一回书叫做《撕扇子作千金一笑》。里面说："古人云：千金难买一笑，几把扇子，能值几何？"小宋相公这两句，当然是反映了封建上层人物的玩乐思想。

"为君持酒劝斜阳，且向花间留晚照"——"君"是对那位歌女说的。"为了你，我持酒劝说斜阳：你慢点儿下去，把你那温暖的余光留在我们这个花丛里吧！"这种心情和晏殊一样，希望好光景能够多逗留一会儿。

五代、两宋的许多词，都是在酒边花间随手写下来的，写好了就交给歌女们即席演唱，作者并不曾拿它作为"名山事业"。所以向子䛐《酒边词》胡寅的序言说："词曲者，古乐府之末造也……然文章豪放之士，鲜不寄意于此者，随亦自扫其迹，曰谑浪游戏而已也。"他们大抵都不承认自己写的词曲有什么重要的作用。后来清诗人龚自珍也说："词家从不觅知音。"至于有些花间酒边的作品给人传唱开来，流行久远，那常是连作者自己也没有料想到的。小宋这首词因"红杏"句而大受赞赏，在本人只是偶然得之，并未十分着意，我们也用不着埋怨它只有那么一点点空洞的内容。

柳永

约987—1053年，初名三变，字耆卿，福建崇安人。景祐元年（1034）进士，官至屯田员外郎。有《乐章集》。

八声甘州

对潇潇暮雨洒江天，一番洗清秋。渐霜风凄紧，关河冷落，残照当楼。是处[1]红衰翠减，苒苒[2]物华休。惟有长江水，无语东流。

不忍登高临远，望故乡渺邈[3]，归思难收。叹年来踪迹，何事苦淹留？想佳人妆楼颙望，误几回天际识归舟。争[4]知我、倚栏干处，正恁[5]凝愁。

[1]是处——处处，到处。

[2]苒苒——同冉冉，逐渐推移貌。

[3]渺邈（miǎo）——遥远。

[4]争——同怎。念平声。

[5]恁（rèn）——这样。广东口语的"咁"，疑从此出。

宋王朝建国后，经过几十年的休养生息，农村经济有了长足发展。"自景德（真宗年号）以来，四方无事，百姓康乐，户口蕃庶，田野日辟。"（《宋史·食货志》）农村的安定蕃庶又促进了城市经济的繁荣。随着城乡物资交流的频繁，工商业得到较大的发展，也刺激了城乡间的文化艺术事业，杂剧、舞蹈、音乐、杂艺、讲唱、说书……不但出现于城市，也深入到农村。于是，在民间早有深厚基础、又为文人学者乐于接受的词，也进一步获得更广大的市场。那时不仅舞蹈需要词，音乐需要词，杂剧需要词，讲唱需要词，连说书的艺人，也往往在开场时唱上几段，在间歇时插入一阕，以显示自己的文雅。至于酒筵歌席之上，祖饯离亭之间，词曲更是少不了的点缀。

这样就当然造就了一大批词的撰作者。

在这些撰作者中，烜赫著名的就有一个柳永。

柳永虽然也中过进士，做过屯田员外郎，但一生穷愁潦倒，经常"流连坊曲"，过着放浪的生活。所以他的词多数还是写给歌女或伶工演唱用的。这些歌儿舞女主要是集中在都市献技，而三四流以下的角色却在农村集镇谋生，于是柳永的词便首先在都市、继而在农村流传开来，乃至"凡有井水饮处皆能歌柳词"，成为极有影响的作家。

有人说柳永的词属于市民文学。这自然是不错的。正因为他的词多是应伶工歌伎之求而撰，所以在内容上，也大抵是描写城市繁华、爱情邂逅、游子行役、远客思乡以及离筵别绪、妓女声容之类，带着浓厚的市民色彩。而伴随着这些内容而来的，是柳词的风格以及艺术手法，都不同于文人雅士之制，它是比较径直袒露，也比较浮薄和浅近，爱用白描，时杂俗语。它不可能深婉，也不适用幽窈，更不应该晦涩，否则听众将会"望望然去之"。

话本中有一篇《众名姬春风吊柳七》。说是柳永死后，每逢寒食节日，汴京妓女就到郊外集会，吊祭柳永。这个故事见于《古今小说》卷十二，其来历很可能是话本的"宋元旧篇"。这个故事之所以流传，显然因为柳永对歌伎伶工有过卓越的贡献，歌伎伶工们于是奉他为唱本的祖师爷，岁时致祭，相沿成风了①。

我们如能用评价市民文学的眼光去看柳永的《乐章集》，那便不难澄清许多误解，少说一些废话。历代不少评论家，对他不是毁誉参半，便是毁多于誉，如清人刘熙载说他"恶滥可笑者多"。冯煦说他"好为俳体，词多媟黩"。不知市民文学从先天便带来了这个"胎记"，我们没有必要拿看待文士词的眼光去看待柳词。

在两宋，一定还有同柳永一样专门为歌伎伶工撰写台本的文人，可惜其人大都失传，即有，亦难以确指。我就疑心那个被称为"杜郎中"的杜安世，便是其中的一人。可惜是"史阙有间"，只能从他现存的作品内容、风格加以推测，此外便找不出更多的证据了。

本来这些人物最容易遭到埋没。柳永之所以能够不受正统派文士的抹杀，除了因后者也常写些"词多媟黩"的东西，无法专责前者之外，恐怕主要还在于柳永虽然"涉俗"，却又能雅。连苏东坡也不能不承认，"霜风凄紧，关河冷落，残照当楼"数语，不减唐人高处。（见赵令畤《侯鲭录》）可见当时即使有人想加以抹杀也是无计可施的。

《八声甘州》是柳永名作之一，属于游子思乡的一般题材，不一定是作者本人在外地思念故乡妻子而写，据我看，为了伶工演唱而写的可能性倒还大些。然而，对景物的描写，情感的抒述，不仅十分精当，而且笔力很高，实可称名作而无愧。

词的开头，"对潇潇暮雨洒江天，一番洗清秋"，就给人以强烈的节届秋深之感。雨是暮雨，声是"潇潇"，势头又是"洒"。而背景是"江天"，却又着一"洗"字，于是这"清秋"便在暝色暮雨中凉沁沁地出现了。句中的"洗"，是个精选的字眼。清秋不是季节带来的，也不是自然而然出现的，它是"洗"出来的。一场凉沁沁的暮雨，把秋天给洗出来了。这就给人强烈的印象。

从这个"洗"，我们可以看出，柳永的作品绝不是随笔挥扫的，他倒是不肯放过一个重要的字眼。"洗清秋"的"洗"，和杜甫"万里风烟接素秋"的"接"，刘兼的"寒菊年年照暮秋"的"照"，李中的"一城砧杵捣残秋"的"捣"，都是很有气氛的。"洗清秋"当然也有来历。韩愈《酬司门卢四兄云夫院长望秋作》诗："长安雨洗新秋出，极目寒镜开尘函。"早已用过了。金代诗人段成己有《中秋》诗："万籁声沉暮霭收，长河泻浪洗清秋。"怕也是从韩愈或柳永句中得来的。

接下去，"渐霜风凄紧，关河冷落，残照当楼"，进一步将"秋"字逼紧。紧随秋雨而来的，是挟着霜气的西风。由于霜气，所以它比一般秋风不同，它是凄凉的，那凄凉还分明有一股紧逼着人的力量。

"关河冷落"，又推出一个大景。这冷落因霜风而来，这霜风却又把刚才的暮雨吹散了。于是，重露出一轮红日，把它的残光斜斜射入城楼之中。这时，人们便可以看到有人正站在城楼之上，放眼远处，心头涌起一派秋情，眼底出现一片秋色。句中"残照"固然呼应上文的"暮"，更重要的是引出"当楼"，也就是引出楼上的人。有了这人，全部秋景都染上人的感情，不再是自在的事物了。

这三句，苏东坡赞赏为"不减唐人高处"；清人刘体仁则认为与"敕勒川，阴山下……"那首北朝民歌同妙。（见《七颂堂词绎》）都是感觉到它的气象阔大、境界超妙，在词中十分难得，而且写羁旅之情，则更为难得。即便说，这三句是从李白《忆秦娥》"西风残照，汉家陵阙"和殷仲文诗"风物自凄紧"变化出来，那也是化用得很高明的。

"是处红衰翠减，苒苒物华休。惟有长江水，无语东流"——从文势来说，上句是一泻直下，下句则是重新振起。在秋雨秋风中，一切红的绿的都已黯然失色，不可抗拒的自然力量把美好的景物一步一步推向消亡。可是，滔滔潺潺的长江却仍旧无尽地奔流着。作者下了"无语"二字，不知是道出天地的无情呢，还是描画大江的远阔，抑或认为长江对于这萧瑟的秋气也感到悲哀呢？恐怕都有一点吧！

"长江无语"，是融景入情。长江东流，不可能没有一点声息，然而诗人有意撇开它那声息，反来强调它的"无语"，主要还在于显示大自然的"无情"。因为"红衰翠减"本来便已引起游人的悲凉之感，但这悲凉只是人的感觉，无情的江水却丝毫也不加以理会，正因江水无情，就使登临的游子倍觉难堪。

歇拍至此已将游子的感情曲折传出，于是在转入下片时，便如水流花放，自然凑合。

下片转入抒情。

正面点出是游子思乡。本来"不忍登高临远"，因为怕引起乡愁，但又终于要登高远望。可见心情矛盾，已到了无法自制的程度。而远望之后，那"归思"（要赶回家乡的念头）却更加难以收拾。行文一起一跌，忽扬忽抑，把游子的曲折心情，写得异常真切。

下面用一"叹"字进一步挑动感情。年来的"踪迹淹留"，当然有不得不如此的苦衷。比方说，因为外出谋生，却总是百事无成，所以有乡也难回返；比方说，为了考取科举功名，却不幸落第，愧无面目回见乡中父老；又比方说，出外谋求一官半职，却迁延时日，迄无成就，自然难以回家。可是，作者却故意用了"何事"二字，好像不回家乡是不成理由的。其实那苦衷是不用明说，改用反问的语气，更富于含蓄。

"想佳人"两句，是用所谓"对面写来"的手法。正如王昌龄的《青楼曲》："楼头小妇鸣筝坐，遥见飞尘入建章。"写的是楼头那少妇从高处远望夫婿飞马驰入宫门的情景，而不直接写那得意扬扬的夫婿。又如杜甫的"遥怜小儿女，未解忆长安"，以小儿女不解忆父，反衬出自己在长安苦苦忆家，是加一倍的写法。柳永在这里也是以家中"佳人"的"凝望"，以及"误几回天际识归舟"来做反衬，更显得游子思归之心切。

家中的思妇既然"误认"了好几回的"天际归舟",想必一定十分怨恨,以为夫婿在外流连花酒,简直不想回去,甚至连家中的妻子也忘记了。这话在词里没有明说,却用"争(怎)知我"三字暗中带出:她怎么知道我正在想念她,整日倚在栏杆,凝愁远望,实在是有家归不得啊!

这样,便把游子的痛苦心情加倍地揭示出来了。

最后的"正恁凝愁",呼应上文那一大段景物的描写。那暮雨江天,霜风凄紧,那红衰翠减,江水无语,便处处都带上了离人的感情色彩。有如"铜山西崩,洛钟东应",针线细密,组织严紧。这也是值得注意的地方。

这样的一首词,假如在秦楼楚馆中演唱,在都市的游子耳中听来,那该是多么移情动志啊!它在当时之所以盛行,连苏东坡也不禁为之叹赏,当然是不为无因的。

①宋曾敏行《独醒杂志》:"(柳)既死,葬于枣阳县花山。远近之人,每遇清明,多载酒肴,饮于耆卿墓侧,谓之吊柳会。"枣阳县在湖北。又据清王士禛《带经堂诗话》:"柳七葬真州仙人掌,仆尝有诗云:残月晓风仙掌路,何人为吊柳屯田?"真州即今江苏仪征市。传说纷纭难辨。

雨霖铃

寒蝉凄切，对长亭晚，骤雨初歇。都门帐饮无绪，留恋处、兰舟催发。执手相看泪眼，竟无语凝噎。念去去千里烟波，暮霭沉沉楚天阔。

多情自古伤离别，更那堪冷落清秋节！今宵酒醒何处？杨柳岸、晓风残月。此去经年，应是良辰好景虚设。便纵有千种风情，更与何人说？

这是柳永在汴京（今河南开封市）"留别所欢"的作品——然而谁又知道他是不是一种代人立言的拟想之作？

此篇在柳词中一向著名。作者通过景和情的浓重描写，编织了一个充满了离情别绪的"秋色的网络"，把听曲者的感情紧紧逮住。这就是它之所以动人的地方。

文艺作品的抒情，有人以含蓄见胜；也有人正好相反，以发露无余来取得效果。柳永这首词使用的正是后一种。它说得十二分赤裸，十二分尽情，绝不吞吞吐吐。多数市民文学都有这种倾向，因为它的欣赏者不耐烦去细细品味那深微隐约的内在美，他们宁可喜欢一听就"入耳酸心"的情词，认为这样才能获得情感上的充分满足。

词在一开头就展开一幅带着别离情味的秋景。蝉在凄凉地嘶叫，郊外送客之处，天色渐近黄昏，刚下过一场骤雨，斜斜的落日射出无力的余晖。我们仿佛又读到唐代诗人王维的名句："渭城朝雨浥轻尘，客舍青青柳色新……"只是王维写的是春景，此词则鲜明地令人感到一股萧瑟的秋味；王维写的是早晨的气氛，此词则安排环境在黄昏之际；王维用"柳色青青"作点染，此词则用寒蝉的鸣声来增色；而一则"客舍"，一则"长亭"，字面上似异而实同。可见柳永在化用前人的名句时，很有办法，是活用而不是死套。

四、五两句，正面写出在江边的离别。"都门"是北宋京城汴梁城门。"帐饮"说明是饯别。古人为友人送行，或称"祖道"，或称"祖饯"，或称"祖帐"。因送别时设帷帐、供筵席，所以又叫"帐饮"或

"张饮"。江淹《别赋》"帐饮东都，送客金谷"便是此语出处。这一回是女的送男的走，双方都怀着沉重的离情别恨，所以总想多留恋一刻，俄延半晌。但这种俄延并不能使彼此高兴一些，所以又说"无绪"。尽管是"无绪"，还想俄延，好像盼望有奇迹出现，能够让行人意外地留下来。不料耳边猛然响起船要启碇的鼓声（古时客船启行，照例鸣鼓催客。范成大《晚潮》诗："东风吹雨晚潮生，叠鼓催船镜里行。"）再想多留一刻也不可能了。这里写出两人既要留恋，却又"无绪"；既然"无绪"，又偏要留；而留恋之时，忽惊"兰舟催发"。写人物的感情矛盾，心潮起伏，形象生动，神情逼肖，确实是妙句。

"执手相看泪眼"两句，是一幅男女惜别的写照。"凝噎"是喉头梗塞，和眼泪的倾注，恰好成为对照。画面生动而真实。

"念去去千里烟波，暮霭沉沉楚天阔"——这是双方都一直没有说出口，却一直都横亘在胸中的话。这时候，他俩同时转头向南望着：那边是暮云浓重，连成一块，仿佛又是深不可测的沉渊。那边自古属于楚国，那天空是如此空阔，不知它一直要伸展到什么地方。彼此都感到不寒而栗了。那地方离京都如此遥远，何况人地生疏。他，心里毫无把握；她，实在放心不下。

上片写的是江头送别一幕，这一幕是男女双方担任主角。下片，画面转换，只剩下男主角一人了。

换头开始再把"清秋"一提。而"清秋"又与"伤离"联系起来，"清秋""伤离"更与"多情"扣上，于是构成了景中人的沉重的伤感。

"今宵酒醒何处？杨柳岸、晓风残月。"被认为是千古名句。船已在中流，旅人的酒气渐消，忽然清醒过来，刚才迷迷糊糊的温柔梦境仿佛还在跟前，船窗外一阵寒风扑人而来。定神一看，原来船正在缓缓划行，沿岸一带尽是萧疏的杨柳，远处微微出现鱼肚的白色，残月在天，清光如水……

读到这里，不禁使人想起《西厢记》那场惊梦的描绘。当张生怀着"离恨重叠，破题儿第一夜"的心情，在草桥店一梦醒来的时候，推门一望，"只见一天露气，满地霜华，晓星初上，残月犹明"。王实甫的用笔，同柳永这两句就像同一个模子里印出来的。所不同的，一个在船中，一个在岸上而已。

"此去经年"以下，是游子从心里涌出而口内并未说出的话，说的既是自己，同时也想到对方也必是如此。

他这一去整年才能够再回来。彼此各在一方，形单影只。什么佳节良辰，什么花朝月夕，都是如同虚设了。纵然有千种风情，又能向谁人卖弄呢？

这里的"风情"，同《晋书·庾亮传》说庾亮"风情都雅"，及同书《袁宏传》说袁宏"曾为咏史诗，是其风情所寄"的风情都不相同，倒是和白居易诗"一篇《长恨》有风情"略近。"千种风情"指的是男女间的爱恋之情，或风月情怀。《红楼梦》第五回的《红楼梦引子》"开辟鸿蒙，谁为情种？都只为风月情浓"就是。"风月情浓"和"千种风情"，用意很近似。

　　但是柳永在词中用了"千种风情"，便透出人物双方的关系。一方面，他和她显然不是正式夫妻，只属于草露般的爱恋；另一方面，那女的又并不是服从于"三从四德"的幽闺妇女，所以才触及"千种风情"向谁人诉说的问题；假若是夫妇之间，说这话就太没有身份了。

　　可以看出，作者在这首词里，使用了尽情发露的手法，而且有分开说的话，也有合拢说的话。词中从头到底，让双方的内心感情赤裸大胆、旁若无人地暴露，完全扯下了含情脉脉的封建面纱。我们看到它那袒露和奔放简直是以近于狂放的面目向人们呈现的。

夜半乐

冻云黯淡天气，扁舟一叶，乘兴离江渚。渡万壑千岩，越溪深处，怒涛渐息，樵风乍起。更闻商旅相呼，片帆高举，泛画鹢[1]，翩翩过南浦。

望中酒旆[2]闪闪，一簇烟村，数行霜树。残日下，渔人鸣榔[3]归去。败荷零落，衰杨掩映，岸边两两三三，浣纱游女。避行客，含羞笑相语。

到此因念，绣阁[4]轻抛，浪萍[5]难驻。叹后约丁宁[6]竟何据？惨离怀、空恨岁晚归期阻。凝泪眼、杳杳神京[7]路。断鸿声远长天暮。

[1]画鹢——古时在大船船头绘画鹢首怪兽以镇恶浪。见《晋书·王浚传》。后因称此种大船为画鹢。鹢，一种鸟类，似鹭而大。

[2]酒旆——酒旗。旧时酒店门前悬挂以招徕客人的标识。

[3]鸣榔——敲击木榔，使鱼惊聚一处，以便捕捉。

[4]绣阁——女子的闺阁。

[5]浪萍——形容旅客像水波中的浮萍。

[6]丁宁——叮嘱。

[7]神京——北宋都城汴京。

这是一百四十四字的长调。从这首作品中，可以看出柳永铺叙景物的艺术才能。

它抒写的仍然不外是游子思归之情，其内容无非就是"思归"二字。要填满这样一个长调，单用抒情语言，不但没有那么多话好说，而且就算勉强敷衍成篇，也一定使人觉得空洞可厌。柳永是很懂得这一点的。因此他索性把三分之二的篇幅放到景色的描绘上，以景染情。又因为它的主题是"岁晚归期阻"，于是铺开了一幅江南水乡特有的可爱冬景。

柳永有一个很出色的本领，就是善于捕捉画面优美、形态生鲜的景物放入他的景框之中。其中有主有次，有近有远，还有特写的镜头，交错变换，形象丰富。

请看下面这几个例子：

暮雨乍歇，小楫夜泊，宿苇村山驿。何人月下临风处，起一声羌笛。

——《倾杯》

写夜宿山村的萧条寂寞，却用"一声羌笛"振起精神，使人如闻其声。

几许渔人飞短艇，尽载灯火归村落。

——《满江红》

这是写江上的暮色。用"尽载灯火归村落"，描画初夜的归舟，何其生动入神！

疏篁一迳，流萤几点，飞来又去。

——《女冠子》

带着诗意的凄清和神秘，十分耐人寻味。

这类很多，可以不必详举。

这首《夜半乐》的成功，也全是得力在"望中酒旆闪闪"一段和"浣纱游女"一段。作者着意用力去捕捉几个动人的连续画面，给整首词平添许多活跃的声音和色彩。特别是"败荷零落，衰杨掩映，岸边两两三三，浣纱游女。避行客，含羞笑相语"几句，一幅美妙的斜阳村落风物画分明如在眼前。

从文字的情趣去看，这些写景的句子，既是诗歌，又似散文。是散文的诗化，又是诗的散文化。两种文体在柳永手里似乎很调和地糅合在一起，呈现了一种综合的艺术美。在两宋词坛中可说是不多见的。

现在再就整首词略谈一下。

开头三句，先写一位游子在寒冬中乘舟南行。句中用了"乘兴"二字，暗暗捎带出他还没有感到离乡背井的苦处，所以还颇显出兴致勃勃的神气。

从"渡万壑千岩"到"樵风乍起"，写航船正在经过浙西山区（所谓"越溪深处"），曲曲折折走在深谷巨壑之间，逐步来到开阔地带。由于地势平缓，所以说"怒涛渐息"，山风强烈时见樵夫来往，所以说"樵风乍起"。通过景色的变换，暗示了游子在旅途中已经走过一大段地方。

上面用粗略的大笔概括了一段旅程，以下就换用细笔，转作细致的描写。

它分成三组镜头：

"更闻商旅相呼"到"翩翩过南浦"——这是一个热闹的小集镇，也是个交通繁忙的地方。可以看见许多船只正在启碇开航，也能听到旅客的叫嚷喧闹。有些船只很轻巧，绘画得很美，里面坐着高贵的客人。

"望中酒旆闪闪"到"渔人鸣榔归去"——他坐的航船如今靠近一个渔村了。看得见岸上有随风招展的酒旗子，酒旗下面是几行染霜的树林，隐隐显出一簇村舍，飘出了一缕缕的炊烟。这时日已沉西，许多渔船纷纷摇着桨回村去了。

"败荷零落"到"含羞笑相语"——他坐的船终于靠在岸边。隔岸就是一片莲塘，莲叶都东倒西歪，残破得不成样子；杨柳也落了叶子，光秃秃地剩下许多遮不住人的视线的枝条。可就在这一片萧条冬意中，却陡然出现了三两成群的少女。她们刚好到江边浣纱回来，挺快活地走着，远远看见有生面的男子汉，便赶忙绕开了走，却又带点害羞的神气，仍旧嘻嘻哈哈地边说边笑，边笑边跑。

她们可不料这一下陡地把离乡游子的思乡之情深深打动了……

这样，三段就有三种不同写法。先是远景，次是中景，然后是近景。一段比一段更鲜明，更强烈，也更放大。

它们仿佛能产生一种挑逗的作用：本来还没有思家念头的这位游子，眼看到那群愉快的姑娘的音容笑貌，不知怎地，埋在自己心底的情感，竟像火药给雷管燃引，一下子爆发起来。

美好生活的回忆，往往是只凭一响笑声，一个笑靥，就能牵出一大片来。这个游子正是这样。如今他强烈地怀念起家乡的生活来了。一幕幕往事恍如一串串零乱而又非常系人意念的镜头，在他眼前不断映现。

于是"绣阁轻抛，浪萍难驻"的叹息，"岁晚归期阻"的感慨，都一齐奔集心头。他回头北望，京师的道路杳在天际，泪眼远盼，总无踪影，只听得长空的雁声在黄昏中由嘹亮而逐渐消失。

词的最后两句，用"断鸿声远"带出怀念汴京之情，很能传神。后来辛弃疾的《水龙吟》（登建康赏心亭）"落日楼头，断鸿声里，江南游子。把吴钩看了，栏杆拍遍，无人会，登临意。"似乎也是由此处得到启发的。

运用长调填词，少不免要利用对景物的描画来铺叙和挪展。在这方面，柳永积累了较多的经验，也取得较好的效果，一部《乐章集》可供我们撷取的材料还是不少的。

凤栖梧[1]

独倚危楼风细细，望极离愁，黯黯生天际。草色山光残照里，无人会得凭栏意。

也拟疏狂图一醉，对酒当歌，强饮还无味。衣带渐宽都不悔，况伊销得人憔悴。

[1]这首词又见于欧阳修的《欧阳文忠公近体乐府》，词牌作《蝶恋花》。文字与柳永《乐章集》略有不同。我主张它是柳永的作品，但文字却按照欧阳的《近体乐府》，那只是个人爱好而已。

不知道别人怎么样，在我，是有过这样一段经历的：

在我年轻的时候，有一回，逼于情势的驱遣——那是在自己十分不愿意的情况下采取的行动——离开了所眷恋的人。分手时，彼此都不能倾诉这可怕的离别之忆。我随着一伙人便走向一个陌生的地方去。山深林密，道路崎岖，我老是落在大伙儿后面。走了大半天，已经傍晚了，大伙都停下来歇息。夕阳含山，暮色四合，周遭莽莽苍苍，郊原全都笼上暗红的一层色彩，一阵阵凉沁的秋风，不断地吹着我头上的乱发。我步履蹒跚着还没赶到前面，只见四周是那样沉默、严紧，恍如面对一个冷漠得可怕的怪老人。郊野是旷阔的，在我看来，可就连一点依靠都没有，只有前面脚下，拦着自己的长长的影子。我停下脚步，回头看那落日，突然，一股强烈的忧郁之感向我扑来，我简直给它吓呆了，觉得这群山，这落日，这天空和地面所有特异的色彩，共同构成一个使人心脏收紧的巨网，无情地把我罩住。这可怕的黄昏，我还从来没有看见过。

这时，压在心头的忧郁之感仿佛一下子升腾起来了，它扩散弥漫在那阴郁的空间，和黄昏的景色搅和在一起。我多么怀念那段中断了的使人依恋的生活呵！然而，眼下的处境又使我不能不飘向远方，让自己的双脚把那段生活一步步踏成尘粉。

这时候，尽管周围还有同我在一起的人，可他们一点也不理解我此时的心境，我更无法向他们诉说。我只是长久地眺望着这暮色，长久地默默无言。

只是到了这个时候，我才真正懂得了黄昏，懂得前人诗词中写到思忆的时候，为什么常常同黄昏联系在一起。

后来，当我再翻开《乐章集》，重新吟诵这首《凤栖梧》的时候，我的体会就更深切了。

柳永写的那个人，不像我正走在半路上，而是站在高楼的一角。他是遥望那已经看不见的远行人呢？还是思忆远在异乡的漂泊者呢？已经不清楚了。但你看那"望极离愁，黯黯生天际"九个字，形象多么生动、真切。本来，唐代诗人皇甫冉早就写出了"暝色赴春愁，归人南渡头"这种意境，曾被许多人称为名句，其实那动人的力量远及不上这九个字。

人们都知道，离愁原是从离别者的内心发出的，看不见也摸不着，如今居然说它黯黯地从天边远处涌现，那想象难道不是十分奇特吗？只有曾在黄昏日落之中，真正体味过别离的苦味的人，才能够如此形象又如此生动地把那忧郁凄楚的情感表现出来。寻味着这九个字，我觉得所谓"化平实为奇崛，变浅易为深至"的技法分析都是多余的了。因为，不管是多么擅长技法的作者，假如他不曾经历过别离，无论如何是不会认为离愁竟是从远处的天际黯黯而生的。

下面用"残照里"三字点出黄昏；又用"草色""山光"作为黄昏的点染。这样，前面展开的景色就显得更加深厚了。"无人会得凭栏意"，进一步说明自己心头的苦恼是难以向人宣说的，而别人也实在无法理解自己的心事。正因如此，这种苦恼也就越发显得沉重纠缠，难以开解。

在"无人会得"之下，换头就转了一笔："也拟疏狂图一醉"。要设法自开自解。"疏狂"，在这里是豁达、洒脱的意思，即努力要让自己看得开些，但这样也还得借助于酒力。

于是他回到人群中去。

大伙儿对他的心事是毫无所知的，只是硬拉着要他喝酒，而他也真是喝了，而且喝了很多。因为可以图个暂时忘却。不想酒灌到喉咙里，是酸是苦都说不上。这说明，酒对他来说也失掉了力量。

在这里，作者又从侧面烘托自己离愁的深重，仿佛这世上的一切，都无法开解得了。

上文一开一合："也拟"是荡开，"无味"仍合到离愁上。笔势十分飘忽；然而更精彩的一笔却还在后面。

他在丢开酒杯的时候，有两句古诗忽然从记忆中涌上心头。这两句诗是：

相去日以远，衣带日以缓。

这是《古诗十九首》中的两句。"是这样的！"他禁不住点头同意。"相思自然会令人瘦损。"然而，便算是"衣带日以缓"，为了这个值得自己永远系念的人，便算瘦损至死，又算得了什么？他（或她）本来是值得我为之憔悴的人呵！

衣带渐宽都不悔，况伊销得人憔悴！

真是惊心动魄，一字千金，比之《古诗十九首》又再扳高了一层。

至于冯延巳的"日日花前常病酒，不辞镜里朱颜瘦"，比起来已是显得逊色了（"况伊"，正是他；"销得"，值得）。

为了抒发心中积蕴充塞的情感而选用表达形式，有时以含蓄见长，但有时却相反，是以尽情极致为佳的。正如在极度悲伤的时候，有人连一声也哭不出来，有人却尽情号啕。两者同样出自真情。柳永这首词，最后两句固然是采取极度开放的形式，但在开头仍然十分抑制："独倚危栏""无人会意"，以及"当歌强饮"，都是运用含蓄的手法，直到最后，才突然一转，把感情像冲决堤防的洪水一样，猛烈倾泻出来。这恐怕比之完全含蓄或完全开放更能使人惊心动魄了。正如号称放达的阮籍，听说母亲死了，却还要同下棋的人把一盘棋下完，然后"饮酒二斗，举声一号，吐血数升"。将葬的时候，"食一蒸肫，饮二斗酒，然后临诀，直言穷矣！举声一号，因又吐血数升。毁瘠骨立，殆致灭性"（见《晋书·阮籍传》）。这种紧压式的爆发，同样是使人极度震惊的。

对爱情的态度是这样执着，这样激烈，在北宋的封建社会里原是很大胆的。直到晚清，曾服膺过德国哲学家尼采的王国维，还震惊于它的激烈，认为与其施之于爱情，还不如拿来比喻大事业和大学问。他的《人间词话》说：

古今之成大事业大学问者，必经过三种之境界。"昨夜西风凋碧树，独上高楼，望尽天涯路。"此第一境也。"衣带渐宽终不悔，为伊消得人憔悴。"此第二境也。"众里寻他千百度，回头蓦见，那人正在灯火阑珊处。"①此第三境也。……

　　他以为像"衣带渐宽终不悔"这种执着和激烈，是应该放在追求大事业和大学问上面的；至于爱情，他就略而不谈了。

　　然而，我们正好从这里看出这首词的不寻常的成就。

①《人间词话》引文有误。"回头蓦见"，据辛弃疾《稼轩长短句》应是"蓦然回首"，又，"正在"应为"却在"。

欧阳修

1007—1072年，字永叔，庐陵（今属江西）人。天圣八年（1030）省元，中进士甲科。累擢知制诰、翰林学士、历枢密副使、参知政事，迁兵部尚书。卒谥文忠。晚号六一居士。有《六一词》，又有《醉翁琴趣外篇》。

蝶恋花[1]

庭院深深深几许？杨柳堆烟，帘幕无重数。玉勒雕鞍游冶处，楼高不见章台路[2]。

雨横风狂三月暮，门掩黄昏，无计留春住。泪眼问花花不语，乱红飞过秋千去。

[1]此词又见冯延巳《阳春集》，词牌作《鹊踏枝》。但北宋末年女词人李清照认为是欧阳修的作品。

[2]汉代长安有章台街，是歌伎们集中的地方。见《汉书·张敞传》。后人常以章台指妓院所在地。

理解一首词，比起理解一首诗往往还要难些。尤其是五代、北宋人写的词，常常没头没脑，好像一首无题诗，不容易知道它是什么题旨，有什么含意。它只有一个词牌，其作用不过要指明属于音乐的某宫某调，或某一大曲中的某一段，便于依谱演唱而已。它不能帮助我们理解词的内容。正因如此，又往往引起后世读者的瞎猜，彼此的理解常常相差甚远。幸而南宋以后，作者在词牌下面加上题目的做法逐渐推广，有些作者还生怕人家不明白，特意写了小序，那才方便多了。

对于无题的作品，如果一时不知作者用意何在，这里倒有一个可行的办法，那就是先设法找出它的头绪来。就像煮蚕茧那样，先抽出它的头绪，然后逐步理清它的线索。

头绪怎么找？我们须从作品中找出最能显示它的思想感情焦点的一两句话，细加分析，由此一步步扩大开去。不妨拿欧阳修这首《蝶恋花》做例子，看看这样找线头是不是行得通。

这首词过去是有争议的。清人张惠言在《词选》中说它是一首政治诗。他说：

"庭院深深"，"闺中既以邃远"也。"楼高不见"，"哲王又不悟"也。"乱红飞去"，斥逐者非一人而已。殆为韩、范作乎！

他以为"庭院深深"等于屈原《离骚》里的"闺中既以邃远"，"楼高不见"则是"哲王又不悟"（意为王宫既已非常深远而楚怀王又不觉悟），所以再拿"乱红飞去"比喻大臣的受斥逐；那么又是哪些大臣呢？张惠言认为就是北宋的韩琦和范仲淹。

这显然是穿凿附会的。所以王国维在《人间词话》里批驳说："固哉！皋文之为词也。"（皋文，张惠言的字）并且指出欧阳修这首词只是"兴到之作"，别无寓意。

王国维这个见解是正确的。但又如何加以证明呢？

这首词要是找头绪的话，有两个地方值得注意。一是"楼高不见章台路"，另一是"无计留春住"。前一句暗示所想念的人，后一句透露出人物的思想感情。

先说"无计留春住"。在古人的诗词中，"春"不仅指春天季节，常常还是美好生活或青春年华的代词。冯延巳《鹊踏枝》词："肠断魂消，看却春还去。"王安国《清平乐》词："留春不住，费尽莺儿语。"晏幾道《木兰花》词："小颦若解愁春暮，一笑留春春也住。"都是例子。我们由这五个字似乎可以猜出词中有伤青春之易逝的用意。

"楼高不见章台路"，这句话不太好理解。有人解作"游冶所在的高楼大厦遮盖了章台路"，实在难以令人满意。因为"游冶所在"即是"章台路"，两者是二也是一，它们岂能互相遮盖？即使真的那儿的高楼能遮盖下面的道路，又能说明什么问题呢？

所以这个"楼高"的楼，其位置一定不会是在章台路上，它与章台距离颇远。因距离颇远，所以"不见"。

于是我们抓住又一个线头：有人登楼远望那看不见的游冶处所。

一是伤春，一是怅望。在封建社会常常是发生在闺中少妇身上的。正如曹植《七哀》诗说的："明月照高楼，流光正徘徊。上有愁思妇，悲叹有余哀。"又如王昌龄《闺怨》诗："闺中少妇不知愁，春日凝妆上翠楼。忽见陌头杨柳色，悔教夫婿觅封侯。"都是说闺中人正在想念她的夫婿。

这两个线头是不是抓准了？我们且从头再看：

词的上片，先展示一个深宅大院的景象：那是一座幽深又幽深，说不上有多幽深的庭院。院子外面长着许多高大的杨柳，浓阴繁茂，绿叶纷披，就像堆起一片绿色烟雾。

房子又是一幢挺大的建筑物，重重门户，无数珠帘翠箔，一层一层把里外分隔开来，这就越发显得它既幽邃而又神秘。

这里连用三个"深"字，又加上"几许"二字，把这个宅院的神秘气氛，渲染得特别出色。"杨柳堆烟"既点出春景，又衬出宅院的环境。"帘幕无重数"，显然是一所富家大宅，并非寻常的人家。

这重重的帘幕似乎是想把屋子里的人遮掩起来，既不让外面的人看见，也不让屋内的人看到外头的光景。可是，这时候偏偏有人站在高楼之上，掀开帘子，久久地眺望着远方。

我们如今才看清楚，原来是一位闺中少妇。她凝神眺望的是什么地方呢？原来是她夫婿经常游荡的地方。那地方是"秦楼楚馆"的集中地，王孙公子整天在那儿征歌选色，放荡淫佚。他们那些披着雕鞍的宝马就都系在柳阴之下，他们的仆从也都在街上逛荡。

"玉勒雕鞍"只有贵家公子才能有，是写出那人的身份。"游冶处"是歌舞伎乐集中的地方。李白诗："岸上谁家游冶郎，三三五五映垂杨。"说的就是公子哥儿们征歌逐色的事。

可是，这位深闺少妇虽然站在高楼，而且极目远望，就是盼不到她夫婿的踪影。

"玉勒……""楼高……"两句用的是倒装的句法。假如把它条理一下，应该是："楼高，不见玉勒雕鞍游冶处——章台路。"

游冶处即章台路，这里显然是重复；但作者是有意重复。因为上句是就那公子而言，下句是就那少妇方面说的。

上片，作者先把环境和人物交代清楚了，以下就展开一组特写式的镜头。

"雨横风狂三月暮"——景色突然起了变化，仿佛是电影的镜头转换：外面是连绵的春雨，雨越下越大，风也越刮越紧。闺中少妇已经不在楼上了。

"门掩黄昏，无计留春住"——她那夫婿终于没有回来。大门早已关上，她只好呆怔怔地坐在屋子里。春光似乎正在加快它离开的步伐，凭谁也挽留不了。而就在这"雨横风狂"之际，她的青春也正在悄悄地而又匆匆地溜走。

于是，诗人用浓烈的笔墨写出使人惊心动魄的两句：

"泪眼问花花不语，乱红飞过秋千去"——春天快要过完了，自己的美好青春同样也快要过完了，为什么它们都不能够留下来？她含着眼泪去问花儿，可花儿没有回答；不但不回答，而且把一片片花瓣洒落下来，不断地洒落下来，伴随着缭乱的风雨，飞过院子里那高大的秋千,飞得远远去了。

唐诗人严恽写过一首《落花》诗:"春光冉冉归何处?更向花前把一杯。尽日问花花不语,为谁零落为谁开?"虽然是此词"泪眼问花花不语"的出处,但此词的悲凉却远远超过了严恽的诗。请看:眼,是一层;泪眼,又是一层;花,是一层;问花,又是一层;泪眼问花,更又是一层;问花既已是痴想,而花不语则使痴想的人完全绝望了。这七个字,你看有多少层意思!

诗人以精深的构思,有限的笔墨,通过环境的点染和景物的衬托,揭出闺中少妇深沉的悲哀,以及她那不幸的命运,这就深深地把我们的心灵打动。"乱红飞过秋千去",这场景真是惊心动魄,强烈地显示那"天地终无情"的冷酷的现实。

但它绝不是有什么讽喻的政治诗。

玉楼春

尊前[1]拟把归期说，未语春容先惨咽。人生自是有情痴[2]，此恨不关风与月。

离歌且莫翻新阕[3]，一曲能教肠寸结。直须看尽洛城[4]花，始共春风容易别。

[1]尊前——筵席上。

[2]有情痴——因情感丰富而使世俗人以为是发痴的行为。《世说·纰漏》："任育长……尝行从棺邸下度，流涕悲哀。王丞相问之。曰：'此是有情痴。'"

[3]翻新阕——另谱新的曲子。

[4]洛城——今河南洛阳市。

欧阳修在离开洛阳的时候，写了几首词，表示对洛阳惜别之情。这是其中比较著名的一首。

它写的是在送别筵席上触发的对于人的感情的看法。在委婉的抒情中表达了一种人生的哲理。因而很受后人的注意。

送行的人是一个同他很有感情的女子。她是个什么身份的人，我们当然不清楚；绝不是他的妻妾，则是可以肯定的。为什么呢？因为全篇都不是对妻妾说话的口气。她也许只是个身份卑微的歌女之类，可是同他已经有了很亲切的感情，所以一听说分手就特别难过。

在送别的筵席上，他心里分明知道，这一回离开洛阳，不知道什么时候才能再回来。也许这一回便是最后的分手了。可是为了安慰对方，仍然打算虚构一个回来的日期，以免她过分悲伤失望。不料自己这话还没说出口，对方早已猜透他的心事。她那凄惨得说不出话的表情，分明知道这是最后一次见面，所以自己也不好再说假话了。

开头两句，假如容许插入几个字来加以补充，那便是："（我在）尊前拟把归期说（与对方，不料）未语（之先），（她已）春容先（自）惨咽。"两句写的就是两人各自的心事和表情。这是一次既是生离又如死别的饯行筵席。

就因为这样，他已经没有别的话好说了，只好转而感慨深沉地叹道："人生自是有情痴，此恨不关风与月。"诗人认为，人本身是个可以称之为"有情痴"的生命，情感是这样丰富，然而又这样脆弱，一提起离别，那愁惨就连天地都装不下了。这种丰富而又脆弱的感情，其实同风呀月呀这些外在的东西都没有什么关系，它是作为"有情痴"的人本来就具有的。

在这里，欧阳修朦胧地感到人生的缺陷才是痛苦的根源。他觉得，"有情痴"的人总是想追求美满的生活，只是由于在生活中发生了缺陷，才引起悲痛哀愁，而不是春风秋月这些外在的东西会引起人的感情变化。

在不合理的社会里，这确实是一个严肃的社会命题。人怎么会产生这许多悲哀痛苦？那是因为违拗了人的美好意愿，人为地制造了人生的种种不平和缺陷。

从送别而想到整个社会人生，这种跃进的幅度真够惊人。因为欧阳修并不只是一个词人，他既是文章能手，又是一位政治家，还是一位考古学家。他学识丰富，眼界很高，所以即使是通常送别的主题，在他的手里，却可以翻出很不寻常的意思来。

"此恨不关风与月"，是说眼前的风月美景并非引起人们痛苦的因由。这是强调人本身的情感作用。"风月"在这里不应解作儿女爱恋的事，而是像《文心雕龙·明诗》所说的："暨建安之初，五言腾踊，文帝、陈思，纵辔以骋节；王、徐、应、刘，望路而争驱。并怜风月，狎池苑，述恩荣，叙酣宴。"是风晨月夜或风月美景的意思。

下片的写法同上片一样，也是先叙眼前的情事，再由此推论开去。

"离歌且莫翻新阕，一曲能教肠寸结"——他耳里听到的不是老一套的离别之歌，而是不知谁新谱出来的。但不管旧有的也好，新翻的也好，都没有能力慰藉离别的人，反面增加了别离者的痛苦。那么，还是不要唱下去了。

于是他进一步提出了对于人的感情问题的见解。他认为，既然人的感情是丰富的，又是那样地经受不起挫折和损害，怎么办呢？那就应该让感情充分地抒发，充分地加以满足，只有这样，人生才能觉得没有遗憾。正如把洛阳城里城外的牡丹看到醋足以后，人就容易同洛阳的春风分手了。

我不想在这里讨论哲学或社会学的问题。关于人的感情是否可以充分满足？充分满足会不会导致社会结构的破坏？这一类问题我没有探讨的资格。我只是想说，欧阳修在这首短短的词中，竟然提出这样重大的社会命题，却是词坛中十分罕见的。王国维《人间词话》说："永叔（按，即欧阳修）'人生自是有情痴，此恨不关风与月。''直须看尽洛城花，始与东风容易别。'于豪放之中，有沉着之致，所以尤高。"王氏很欣赏此词的豪放与沉着。而我更以为，北宋词人中，尤其是在欧阳修以前，绝大多数写的是流连光景、儿女悲欢的内容，思想境界比较低狭；而能够从这些内容推阐开去，涉及社会人生大问题的，却非常之少，甚至几乎没有。欧阳修这首词，居然从儿女柔情中提出带有哲理的大问题，不能不说是大胆的尝试。

法国近代革命活动家和文艺评论家拉法格有一句话说："哲学是人的特点，是人的精神上的快乐。不发表哲学议论的作家只不过是个工匠而已。"（《拉法格文论集》第157~158页，人民文学出版社版）

这话说得很深刻。虽则作家未必都在作品中公开露面来申述自己的哲学观点，也不能要求作家在一个短章中发挥哲理；但在适当的场合、条件之下，作家应当发表自己的哲学见解，看来却不是过分的要求吧。

自然，这又不等于提倡"以议论为诗"。

踏莎行

候馆[1]梅残，溪桥柳细，草薰风暖摇征辔[2]。离愁渐远渐无穷，迢迢不断如春水。

寸寸柔肠，盈盈粉泪，楼高莫近危阑倚。平芜尽处是春山，行人更在春山外。

[1]候馆——在交通点上接待来往官员的馆舍。

[2]征辔（pèi）——征途中的马。辔是缰绳，指代马。

这是一首抒写离情别绪的作品。

前后两片主人公的形象是不同的。

上片，出现在读者眼前的是一位远行的人。

他这时已经在半路上了。镜头展开，一所专门接待来往官员的馆舍；馆舍的短墙外面，疏疏植了几株梅树，曾经盛放过的梅花此时都已凋残了。

镜头移向溪桥。那是一道小溪，横跨溪上是一座不大不小的石板桥。桥的两头都种上杨柳，看上去给人一种纤细的感觉。因为柳叶都还没有很茂密。

就在这明妙的春之景色中，出现了远行的旅人。他坐在马上，拉着缰绳，有点行色匆匆的样子。迎面而来的风是暖和的，地上初长的草散发着一种使人清爽的香气。

可是这明妙的春景并没有给旅人增添半点快乐。相反，他觉得自己正在一步步离开家乡，越来越远，越远就越感到心头上那一片离愁的沉重；不只沉重，它似乎还逐渐扩散开来，越扩越大，变成了一片无穷无尽、无首无尾的浩浩江水，眼前的世界都给这离愁占满了。

上片行文，一扬一抑。先是将春色饱满地描写一番，让人觉得光景实在可爱，然后换转笔锋，折入游子的怀乡之情，把离愁浓重地、夸张地加以渲染。一前一后，强烈激射，于是产生了一种异样的光彩。

我们首先欣赏作者在选取景物中所表现的技巧：

"候馆"是用梅花来做装点，而且是用开残的梅花。一方面为了点出时令，一方面又是暗用了典故。据《荆州记》说："陆凯与范晔相善，自江南寄梅花一枝，诣长安与晔，因赠以诗：折梅逢驿使，寄与陇头人。江南无所有，聊赠一枝春。"此句特地写了驿梅，便含有怀念家中人的用意在内。

"溪桥"用细柳来做装点，既点出时令和描写了路上景色，又因杨柳是折赠行人之物，行人在路上看到柳色，自不免想到送行的亲人。这又是一层用意。

"草薰风暖"四字，进一步加深了春色的浓丽，下面却接以"摇征辔"，是半句一转折的手法。本来草香而风暖，正是游春的大好时光，假如人在家乡，自必有一番热闹；不料如今却骑着马远走他乡，于是大好春光，反而使人感触伤离了。这是一层曲折。"草薰风暖"，原是借用江淹《别赋》中的"闺中风暖，陌上草薰"。但《别赋》的"风暖"属于闺中人，此词却归于游子，已经加以变化。宋诗人钱惟演《许洞归吴中》诗："草薰风暖接长亭，一曲骊歌倒渌醽。"同样是《别赋》两语的变化运用。可见借用古人语言，必须为我所用，不能死搬死套。

"离愁渐远渐无穷"七字构思也巧妙。着意在"远"与"无穷"的关系上。离愁可以说轻重，像董解元《西厢记》说的："驴鞭半袅，吟肩双耸。休问离愁轻重，向个马儿上驮也驮不动。"如今却不提沉重，而是说它"无穷"，而且越远越是无穷（和越走目的地越近相反）。这就把游子在路上走着的感觉，既形象而又生动地写出来了。

　　用"春水"比喻愁情，大家都知道李煜的"问君能有几多愁，恰似一江春水向东流"。但早在晚唐时，诗人李群玉《雨夜》诗就已有"请量东海水，看取浅深愁"的话，可见诗人运用比喻，同中有异，异中也有同，便能各擅其胜。这也很值得我们去寻味。

　　下片的人物形象，已经不是天涯游子，而是楼头的思妇了。

　　我们可以看见在旧体诗词中常常出现的那位楼上的"倚栏人"。她的夫婿为了宦游或者别的什么原因，不得不离乡别井，远适他州。那时又没有如今那种邮政事业，捎一封家书是很不容易的。家中的妻子往往长年累月牵肠挂肚，得不到行人半点消息。她只能登上小楼，眺望远方，寻求一丝半缕未必可以得到的慰藉，结果是毫无例外的失望。

　　这位楼头少妇如今正在紧靠栏杆，满眼噙着泪水，呆呆地向前遥望。由于朝思暮想，也由于不断的失望，她简直柔肠寸断了。

　　纵然是"寸寸柔肠""盈盈粉泪"，她能够看到什么呢？那原野的远方，草地的尽头，隐现着若浓若淡的春山，那若浓若淡的春山之外，又是连绵无尽的春山。尽管她眼力和想象力能伸展到远处的春山，她所想念的行人却远出于层层叠叠的春山之外……

　　唉！还是不要去倚栏吧！——仿佛远方的游子、她那丈夫对她这样恳切地劝告。

　　这是不是远方游子在征途中的虚想和模拟呢？也许是的。他很可能是替家中的妻子设想，而又劝说她不要过分地挂念自己。

在行文上，这是更深地跌进一层的写法。

最后两句重复"春山"二字，这春山是倚楼远望的闺中人穷尽目力所能及的地方，又是她的想象所到的极限，因为再远一些到底是什么样子，她就无从悬想了。然而行人偏偏越过了这春山，也就是越出了她的目力和想象能力所及之外，这样，她便已经无能为力了。既然如此，又何必倚那危栏呢？远行的夫婿如此地替闺人着想，就更显得感情的深厚，以及别离的苦痛了。这正是结句之能如此感人的原因。

毋怪明代词评家卓人月说："'行人更在春山外'，不厌百回读。"（《词统》）

李冠

字世英，历城（今山东济南）人。以文学称，与王樵、贾同齐名，官乾宁主簿。有《东皋集》，不传。

蝶恋花

　　遥夜亭皋[1]闲信步，才过清明，渐觉伤春暮。数点雨声风约住[2]，朦胧淡月云来去。

　　桃杏依稀香暗度，谁在秋千，笑里轻轻语？一寸相思千万绪[3]，人间没个安排处。

[1]亭皋——这里指城郊有宅舍的地方。储光羲《送沈校书吴中》诗："郊外亭皋远，野中歧路分。"王昌龄《九日登高》诗："雨歇亭皋仙菊润，霜飞天苑御梨秋。"用法均同。
[2]风约住——下了几点雨又停住。就像雨给风管束住似的。
[3]绪——丝头。

这首词写一个青年人常会碰到的意外和因此惹起的无端烦恼。

事情本来是琐细的。他在春夜的闲行中偶然听到隔墙的笑语声，如此而已。但正因其琐细，要写得委婉动人，又实在不那么容易。作者的高明之处，就在于恰当地安排了一个同青年人的伤春情怀十分和谐的环境和气氛，然后让那感情自然地伸展开去。

季节是在清明过后，时间是在天黑以后，地点则在近郊的楼馆建筑附近。

非常简单的情节，就是在这种特别能够撩动青年人的感情的环境和气氛中铺展的。

青年人往往会有突如其来的苦闷无聊，或者莫名其妙的忧郁孤独之感。碰上这时候，坐和睡都不是，连聊天和读书都缺乏耐性，就只有到外面毫无目的地走走，其实走也并没能解决心头的烦乱，不过总比待在屋子里好点罢了。词的开头，正是隐隐透出这位青年人的这种情怀。

才下了几点雨，打得树叶沙沙地响，给晚风一刮，却又停住了，仿佛风要把它拦回去。月亮淡淡地从云缝里穿出来，转眼又钻进云堆去，不一会重新探出头来，照出地上他这孤独而又淡淡的影子。他走在这一明一暗的月光底下，仍然可以感到四周春意盎然，可是并不曾解消他这无名的忧郁。是伤春吗？也许有点儿是，可又不全是。自己也不知道是什么原因。

就在这时候，他走近了一座楼阁式的建筑物面前。还隔着一段路呢，鼻子里却闻到一阵强烈的香气，顺着风从对面飘来。是桃花还是杏花的香？他走近一堵短墙，香气分明就从隔墙飘漾出来。

也许他正在猜这香气，捉摸不定，耳边却忽然响起姑娘们的笑声；笑声才落，又听到细碎的悄语；悄语未了，更清亮的笑声又扬起来。他不觉骇退了两步。定神向前一看，隔墙可以看到一架秋千：笑语声正是打从那秋千架下传来的。

一个年轻人，当他的心情正在没处附着的时候，蓦地听到这种"笑里轻轻语"，是会产生情感上的"催化"作用的。就像一杯烈酒碰上火花，霎时间化成了一团向上升腾的火。

当然不是说，他就会平白无端地恋上那些个还没有见过面的姑娘们。这种笑语声不过像一枚引信，把他平时积累下来的许多浮想或幻想、印象或回忆，一下子都调动起来罢了。

难怪佛教的书上会有这样的话："隔墙闻钗钏声，名为破戒。"①一个修道学佛的人，是不许偷听隔壁传来的女性特有的钗钏声的。因为这些声音会引起有情感的人的许多胡想，那清静皈依的念头会因之消失得无影无踪。

"一寸相思千万绪，人间没个安排处。"这句话用不着再加解释。事情的结局就是这样：青年人那种又灵敏又易于冲动的感情，一下子翻腾起来，构成一团烦恼，越扩越大，仿佛天地都容纳不下了。

对比晏殊《玉楼春》这四句："无情不似多情苦，一寸还成千万缕。天涯地角有穷时，只有相思无尽处。"李冠这两句似乎更精炼，也更能打动人。后来苏轼又写了一首《蝶恋花》："花褪残红青杏小，燕子飞时，绿水人家绕。枝上柳绵吹又少，天涯何处无芳草？——墙里秋千墙外道，墙外行人，墙里佳人笑。笑渐不闻声渐悄，多情却被无情恼。"那下片似乎也是受到李冠这首词的启发的吧！

这首词《尊前集》也收入了，但是署名李煜。看来这是张冠李戴了（虽然李冠也姓李）。像词中所叙说的事情，所表露的感想，无论如何都不可能出自"生于深宫之中，长于妇人之手"的储君或帝王身上。李煜可以写他的"划袜下香阶，手提金缕鞋"，却不会由于听到隔墙少女的笑语声而勾起如此强烈的相思之情，这几乎是用不着细细推论的。

顺带说句，《尊前集》究是何人所辑，尚无定论。有人说是唐人吕鹏，也有人说是宋初的无名氏。看来都不大可靠。把李冠的作品硬派到李煜头上，光凭这点，就不会是北宋初年人的眼光，何况唐贤！

---

①语见《五灯会元》卷十法眼问道潜。

王安国

1030—1076年，字平甫，临川（今江西抚州）人，王安石之弟。熙宁元年（1068）进士，官至大理寺丞、集贤校理，坐郑侠事放归田里。

清平乐

留春不住，费尽莺儿语。满地残红宫锦[1]污，昨夜南园风雨。

小怜初上琵琶，晓来思绕天涯。不肯画堂朱户，春风自在梨花。

[1]宫锦——一种进贡皇宫使用的锦缎。李商隐《隋宫》诗："春风举国裁宫锦，半作障泥半作帆。"

谜语里有所谓卷帘格，谜底的安排是从下到上倒过来的，所以猜谜时也要倒卷珠帘似的去考虑。这种技法在诗词中也有，读时也须注意。

这首《清平乐》上片四句，正是用卷帘法写的。我们理解它的时候，就该从"昨夜南园风雨"这句开始：

昨天晚上，南园里又是刮风又是下雨，枝头上的花朵全给打下来了，残花狼藉满地，就像一幅给谁弄脏了的宫锦。尽管费尽黄莺儿的巧舌，毕竟还是无法把春天挽留住呵！

这是昨夜听到风雨，今晨看见落花，因落花满地而知春天已去，耳里恰又听到黄莺的啼唱，便忽然冒出"留春不住，费尽莺儿语"的念头来。可见"留春不住"是后起的，"昨夜风雨"是先来的。如今却反而先下了"留春不住"。这种手法，便可称之为"卷帘法"。

由此可以悟出一点：写诗填词时，适当地把镜头出现的次序颠倒一下，是完全容许的；不但容许，有时还可以显得不落常套，使句子峭拔些或奇崛些。我们在构思句子时，由于格律限制，难免会出现造句的困难，这时候如果使用卷帘法，便会取得意外的效果——当然，又不是万无一失的。

王安国是王安石的弟弟，神宗熙宁初年（1068年），以材行召试及第，官至秘阁校理。他虽是当朝宰相的弟弟，对于乃兄推行新法，却颇不同意。他的政治主张固然保守，但他并不想凭借哥哥的势位去猎取高官厚禄，为人还是耿直的。有一回，王安石看到晏殊写的小词，笑道："做宰相的,也写这种东西吗?"安国听了,马上顶了一句:"晏公不过在高兴上头偶然玩玩罢了,难道他的事业就只有这些!"可见他不以为写词便有损大臣的风度,倒有点觉得哥哥过分古执了(王安石也填词,不过数量甚少。至于这个传说,真实性到底有多少,很难说。因为别人加在王安石头上的谣言讹语实在是太多了)。

王安国不但没有受到朝廷的重用,相反,在过了多年的冷署闲曹生活以后,终于被当朝的吕惠卿——一个先是谄媚逢迎王安石,其后得势,又反过来陷害王安石的小人——借事加害,夺去官籍,放归田里。他在官场上实在是很失意的。

俗语说:"有人辞官归故里,有人漏夜赶科场。"受到放归田里的处置,热中仕宦的人会感到前途绝望;但也有人毫不在乎。这就要看他们对于头上那顶乌纱是怎么个看法了。王安国其人,显然是属于后者。这首《清平乐》就可以作为证明。

这首词在写了"留春不住"以后,转过笔来,描写一个第一次上台正式演奏的歌女的心情。着墨不多,内容却很深刻,真能反映作者本人的品格。

所谓"小怜初上琵琶",正如白居易在《琵琶行》中写一位"十三学得琵琶成,名属教坊第一部"的新琵琶手那样,她如今有资格编进班子里,成为正式演员,第一次得到正式表演的机会。一个小学徒,熬了几年,终于获得这个机会,当然是既高兴而又充满对美好前途的憧憬的。苏轼有一首《诉衷情》,也是描写一个歌女的此际此情,竟是那么活灵活现：

> 小莲初上琵琶弦，弹破碧云天。分明绣阁幽恨，都向曲中传。

> 肤莹玉，鬓梳蝉，绮窗前。素娥今夜，故故随人，似斗婵娟。

你看这个小莲，在第一次公开表演中，真是使尽浑身解数，给人以"弹破碧云天"的感觉。连月亮对她也投以钦羡的眼光。她那心情之得意当然是可以想见的。

但苏轼笔下这个歌女，毕竟是"人人意中所有"，并没有什么奇特之处。

王安国笔下的小怜，完全不是如此的一般化。她第一次正式登台，演出的效果很好，可是在获得满堂彩声以后，她并没有幻想着从此出入画堂朱户，博取主人的深怜痛惜，以便有朝一日能够"飞上枝头变凤凰"（清吴伟业《圆圆曲》）。相反，她却是"晓来思绕天涯"。表演成功以后，次日早晨，她一心只羡慕外头的自由天地，一心只想着"春风自在梨花"。

原来人生的幸福根本不存在于画堂朱户之内，而是在朱门大户以外的大自然里。你看那皎洁如雪、烂漫如银的梨花吧，它沐浴在温煦的春风之中，生机蓬勃，何其自由，何其幸福！

这种热烈向往自由的愿望，出自一位学艺初成的小姑娘之口，难道不值得我们特别重视吗？

王安国要描写这样一种人物，歌颂这样一种品格，自然有他的想法。这是和王安国平日的为人一致的：轻视世俗的荣华富贵，追求个性自由。他同情这位歌女,给她描绘了一帧很美的肖像。

乍看起来,词的上片同下片似乎说的是两码事。有人会问,前后怎么能够贯串起来呢?

仔细寻味,我以为它是一首送人之作,送给要走出画堂朱户的琵琶新手。很可能,主人是想挽留她的,可她的态度是那样坚决,终于挽留不住。王安国对此颇有所感,因此在词的开头,先从春天无法挽留写起。春天之终于挽留不住,也如同小怜的挽留不住。这样,前后片的内容就连接成一体了。

苏轼

1037—1101年，字子瞻，号东坡居士，眉山人，嘉祐二年（1057）进士，累除中书舍人、翰林学士、历端明殿学士、礼部尚书，绍圣初，坐讪谤，安置惠州，徙昌化。北还，卒于常州。有《东坡词》。与辛弃疾并称『苏辛』。

念奴娇（赤壁怀古）

　　大江东去，浪淘尽、千古风流人物。故垒西边，人道是、三国周郎赤壁。乱石崩云，惊涛裂岸，卷起千堆雪[1]。江山如画，一时多少豪杰！

　　遥想公瑾当年，小乔初嫁了，雄姿英发。羽扇纶巾[2]，谈笑间，强虏灰飞烟灭。故国神游，多情应笑我，早生华发。人间如梦，一尊还酹江月。

[1]一作"乱石穿空，惊涛拍岸"。
[2]宋人戴复古《赤壁》诗有"千载周公瑾，如其在目前。英风挥羽扇，烈火破楼船"的话，以"羽扇"属周瑜，在宋代是通行的。

假如从历史发展的角度去看我国的词坛，那么，以苏轼的"明月几时有"和"大江东去"为代表的豪放之作，无可否认是标识历史进程的丰碑。

在此之前，词坛上已经结了不少金果。晚唐的温庭筠、韦庄且不说；五代以来，工于感慨的如李后主，善探幽窈的如冯延巳，都不愧为一代大家。入宋以后，词学大兴，范仲淹的边塞之作，晏殊的人生几何之叹，欧阳修的宛转言情，柳永的长篇铺叙，各各都能达到高度成就。可以说，词坛的正宗——婉约派，在一百多年的发展演化中，群芳竞放，各擅胜场，称得上是"蔚为大观"。

然而，像健翮摩空、天马腾骧这种风格，却还有待于苏轼的出现。此翁以其淋漓巨笔，翻万丈波澜，开一派先河，树词坛异帜。自从他写出一种崭新风格的作品以后，词的疆域拓土千里，蔚为大邦，完全可以和古体诗、近体诗分庭抗礼了。

比较，是最雄辩的。我们只需拿元人小令（不是杂剧）一比，便立刻分明。

元人小令也算得上应运而生的文学。然而它终不过是文艺长河中的一泓荡泊，侷促浅狭，无从施展。明代以后更是陷于涸竭了。此中原因自然不止一端，但缺少一个大刀阔斧广拓疆土的开辟手，却不能不是很重要的一个原因。

在苏轼之前，人们思想上总有那么一个局限，觉得词这个东西，无非像一种小摆设，放在幽窗雅座之间，固然十分合适；一旦拿到高堂敞厦去，可就不大放心，生怕它亵渎了谁的尊严似的。这确是词的致命束缚，假如不去打破，它就始终成为酒边花间的奴隶，永远无从伸腰展脚的。

苏轼的杰出之处，便是不去理会这一套。大家不敢写，他自己来写，而且一写再写。以他的艺术才华写出一种新的风格，启辟词坛的新局面。正像登高一呼，众山皆应，原来词境竟可以如此伸展、开拓，从此眼界大开，跟随者就接踵而来了。

说实在的，苏轼的词，不论内容和形式，都不那么拘于一格。有时放笔直书，便成为"曲子中缚不住"的"句读不葺之诗"；有些从内容看也颇为平凡。正如泥沙俱下的长江大河，不是一道清澈流水。但正因如此，才能显出江河的宏大气势。人们可以如此这般地挑剔它，却总是无法否定它。在词境上，苏轼这座丰碑是不朽的。

苏轼这首《念奴娇》，无疑是宋词中有数之作。立足点如此之高，写历史人物又如此精妙，不但词坛罕见，在诗国也是不可多得的。

你看他一下笔就高视阔步，气势沉雄："大江东去，浪淘尽、千古风流人物"——细想万千年来，历史上出现过多少英雄人物，他们何尝不烜赫一时，俨然是时代的骄子。就说那曹操吧，他也曾"酾酒临江，横槊赋诗，固一世之雄也"。再说那东吴大将周公瑾，也曾"摧曹操于乌林，走曹仁于郢都"，扬威大江南北。当时谁不赞叹他们的豪杰风流，谁不仰望他们的姿容风采！然而，"长江后浪推前浪"，随着时光的不断流逝，随着新陈代谢的客观规律，如今回头一看，那些"风流人物"当年的业绩,好像给长江浪花不断淘洗,逐步淡漠,逐步褪色,终于,变成历史的陈迹了。

"浪淘尽"——真是既有形象,更能传神。但更重要的是作者一开头就抓住历史发展的规律,高度凝炼地写出历史人物在历史长河中所处的地位,真是"高屋建瓴",先声夺人。令人不能不惊叹。

"故垒西边,人道是、三国周郎赤壁"——上面已泛指"风流人物",这里就进一步提出"三国周郎"作为一篇的主脑,文章就由此生发开去。

为什么又下了"人道是"三字?原来长江的赤壁不止一地,有黄冈县的赤壁,也有蒲圻县的赤壁(以前属嘉鱼县)。据说武昌县东南也有赤壁,汉阳县也有个地方叫赤壁。诗人不同于考据家,反正是怀古抒情,谁理会它到底是哪个。只用"人道是"三字,轻轻带过它,把烦琐的考证都放到一边不去管它了。

"乱石崩云,惊涛裂岸,卷起千堆雪"——这是现场写景,必不可少。一句说,乱石像崩坠的云,一句说,惊涛像要把堤岸撕裂;由于乱石和惊涛搏斗,无数浪花卷成了无数的雪堆,忽起忽落,此隐彼现,蔚为壮观。

"江山如画,一时多少豪杰"——"如画"是从眼前景色得出的结论。江山如此秀美,人物又是一时俊杰之士。这长江,这赤壁,岂能不引起人们怀古的幽情?于是,由此便逗引出下面一大段感情的抒发了。

"遥想公瑾当年,小乔初嫁了,雄姿英发"——作者在这里单独提出周瑜来，作为此地的代表人物，不仅因为周瑜在赤壁之战中是关键性人物，更含有艺术剪裁的需要在内。

请看，在"公瑾当年"后面忽然接上"小乔初嫁了"，然后再补上"雄姿英发"，真像在两座悬崖之间，横架一道独木小桥，是险绝的事，又是使人叹绝的事。说它险绝，因为这里原插不上小乔这个人物，如今硬插进去，似乎不大相称。所以确是十分冒险的一笔。说它又使人叹绝，因为插上了这个人物，真能把周瑜的风流俊雅极有精神地描画出来。从艺术角度来说，真乃传神之笔。那风神摇曳之处，决不是用别的句子能够饱满地表现的。

这种手法应该能给我们一大启发。试想，在赤壁交争的许多人物中，小乔算得上个什么角色？论地位，她不曾有半箭之功；论身份，无非是周瑜的妻子罢了。可是，作者在这里不是复制历史，不是写人物传记，他是进行文艺创作。这就要求作者从艺术角度去考虑人物的取舍、安排，让特定的人物去完成特定的任务，因而他所选择的人物是不能以大小高下而论的。小乔在这里恰好地烘托出赤壁之战的神采。这决不是死扣历史事件的人所能领悟的。有人写怀古诗，总想把所有重要的人物或情节都收罗进去。你看下面这首七律：

> 云旗庙貌拜行人，功罪千秋问鬼神。
>
> 剑舞鸿门能赦汉，船沉巨鹿竟亡秦。
>
> 范增一去无谋主，韩信原来是逐臣。
>
> 江上楚歌最哀怨，招魂不独为灵均。

　　这是清人严遂成的《乌江项王庙题壁》。他的确把项羽的主要事迹和同他大有关系的人物都写进去了。可是，除了落得"索然无味"四字的评语之外，还有什么呢？

　　"羽扇纶巾，谈笑间，强虏灰飞烟灭"——从上面的分析就可以知道，这里的"羽扇纶巾"，决不是指诸葛亮。尽管诸葛亮有"服纶巾，执羽扇，指挥军事"的记载。作者下这四个字，充分显示周瑜的风度闲雅，是"小乔初嫁了"的进一步勾勒和补充。而且从文势来说，这里也不可能忽然提出诸葛孔明来。

　　"故国神游，多情应笑我，早生华发"——从这里就转入对个人身世的感慨。"故国神游"，是说三国赤壁之战和那些历史人物，引起了自己许多感想——好像自己的灵魂向远古游历了一番。"多情"，是嘲笑自己的自作多情。由于自作多情，难免要早生华发（花白的头发），所以只好自我嘲笑一番了。在这里，作者对自己无从建立功业，年纪又大了——对比起周瑜破曹时只有三十四岁，仍然只在赤壁矶头怀古高歌，不能不很有感慨了。

　　"人间如梦，一尊还酹江月"——于是只好旷达一番。反正，过去"如梦"，现在也是"如梦"，还是拿起酒杯，向江上明月浇奠，表示对它的敬意，也就算了。这里用"如梦"，正好回应开头的"浪淘尽"。因为风流人物不过是"浪淘尽"，人间也不过"如梦"。又何必不旷达，又何必过分执着呢！这是苏轼思想上长期潜伏着的、同现实世界表现离心倾向的一道暗流。阶级的局限如此，在他的一生中，常常无法避免而不时搏动着。

综观整首词，说它很是昂扬积极，并不见得，可是它却告诉我们，词这个东西，绝不是只能在酒边花间做一名奴隶的。这就是一个重大的突破，也是划时代的进展。

词坛的新天地就是通过这些创作实践，逐步发展并且扩大其领域的。苏轼这首《念奴娇》，正是一个卓越的开头。至今为止，仍然像丰碑似的屹立在中国文学发展史的大道上。

水调歌头

丙辰[1]中秋，欢饮达旦，大醉，作此篇，兼怀子由[2]。

明月几时有？把酒问青天。不知天上宫阙，今夕是何年？我欲乘风归去，又恐琼楼玉宇，高处不胜寒。起舞弄清影，何似在人间！

转朱阁，低绮户，照无眠。不应有恨，何事长向别时圆？人有悲欢离合，月有阴晴圆缺，此事古难全。但愿人长久，千里共婵娟[3]。

[1]丙辰——宋神宗熙宁九年（1076）。

[2]子由——苏轼的弟弟，名辙，字子由。时在齐州任掌书记。

[3]婵娟——体态美好。这里指月和人的美好。

这首传诵千古的名作,评论的人自然很多。在这中间,清人刘体仁说:"'琼楼玉宇',《天问》之遗也。"可谓中肯。其实还不只"琼楼玉宇",整首词都有《天问》的意味,可以说是屈原的"天问"体在词坛中的第一次尝试。

本来,古代智人眼见天球运转,日月晦明,星象森罗,长彗出没,总不免产生许多疑问。而对于人间的一幽一显,一死一生,也总不免有许多迷惑与感慨。这些古代的聪明人,逐步以探究人生的观点去探究宇宙,反过来又以探究宇宙的方法探究人生。于是宇宙便和人生联系起来,形成了"天人相通""天人感应"的观念。那时候,哲学家和诗人往往是相兼的,诗人和天文家也不是绝不相通的。我们从远古诗歌遗集《诗经》中就可以看出他们的相通之处。到了战国末年,楚国诗人屈原第一个以"问天"的形式来抒发对宇宙人生的迷惘与愤懑,于是在文学史上便出现了"天问"体。

苏轼这首词当然不及《天问》规模的宏大,他只是向月亮提出几个疑问,但是同样反映了诗人此时此地的心情。

要知道苏轼为什么借用《天问》的形式来写词,我们首先须得了解他当时所处的地位和遭遇的环境。

北宋王朝于公元960年建立,在开头的几十年间,由于平息了长期的分裂、战乱,农业和手工业生产曾获得较快的恢复和发展,商业也有相当程度的繁荣,一度出现升平局面。但由于封建官僚制度的腐朽,不久就又转入停滞和衰退。到了神宗皇帝登位(1068)时,政治经济的危机都十分严重，已到了非变革不可的时候。由于神宗皇帝有变革的企图，任用王安石为宰相，而王安石又是有远见和决心的政治革新家，于是实行了一系列的改革措施——称为新法。这就触犯了大官僚大地主的既得利益，受到他们的强烈反对；并且这些改革必然遭到传统保守思想的抗拒；加上在执行时的错失和过火，又难免不引起骚动，因此立即就出现了反对新法的另一派——所谓旧派。旧派以司马光为首，得到神宗母亲高太后的支持，他们纠集起来，拼命攻击新法。于是王安石于熙宁七年（1074）一度被迫罢相，而由假充新派的吕惠卿继任。十个月后，王安石复相；但到熙宁九年（1076），又再被迫引退。中央政局很不稳定，新旧两派之争却正未有艾。

苏轼站在旧派一边，原因当然是复杂的，这里不须细论，只需指出一点：苏轼原是在京城任职的，由于反对新法，自请出任外官，先为杭州通判，再任密州（今山东诸城县）知州。虽然是个外官，对于政局变化仍然十分关怀。王安石的起落，新旧派的较量，都不能不引起他的注意。他自己的期望，则是重返汴京，受到帝王的重用。这些思想活动，隐约曲折地反映在这首《水调歌头》中，成为一根伏脉。

熙宁九年，苏轼四十一岁，在密州知州任上，八月十五日，饮于超然台上，大醉之后提笔写了此词。

我们且看他如何运用《天问》的形式来抒发自己的感情："明月几时有？"一开头他就提出一个从远古以来就有不少人提出过的问题。这自然不足为奇。唐诗人张若虚有"江畔何人初见月？江月何年初照人"的名句，李白也写过"青天有月来几时？我欲停杯一问之"。早就是这个意思。但是在这首词里，这一问仍不可少，因为文章要从这方面做起。

"不知天上宫阙，今夕是何年？"这是第二问。这一问才是问到节骨眼上。"天上宫阙"，明说月宫宝殿，暗里却指朝廷。"何年"两字，大有含蓄。月亮其实东升西落，亘古如斯，有什么今年去年之别；但是，朝廷中的政治气候则是变化不定的。王安石的起落，神宗皇帝的喜怒，新旧两派的明争暗斗，在苏轼看来，都有"不知今夕是何年"的疑虑。

"今夕是何年"，同样也有来历。托名牛僧孺撰的唐代小说《周秦行纪》，其中就有作者韦瓘写的一首诗："香风引到大罗天，月地云阶拜洞仙。共道人间惆怅事，不知今夕是何年。"苏东坡只是把"大罗天"换成"天上宫阙"而已。但是，两者的含意却截然不同。

"我欲乘风归去，又恐琼楼玉宇，高处不胜寒。"句子虽然不打问号，意思上仍然带着问号。"琼楼玉宇"等于"天上宫阙"，还是明暗两层。用"乘风归去"，意思更为明显，是指要再回朝廷中去。但随即又产生疑问："高处不胜寒"。朝廷的政治气候，还是如此"寒冷"，我能够适应得了吗？

看到天上明月，自然想到仙人的御风而行。但"乘风"不说前去而说"归去"，那便不是一般的所谓去玩玩的意思了。传说唐明皇因术士的引导，遨游月宫，这只能说去游，不能说"归去"。所以这里的"归去"，便是另一种用意。不然，便使人误会以为苏东坡是吴刚的化身，如今突然想到归去月宫了。

"起舞弄清影，何似在人间！"这个疑问是顺着上面下来的。意思是说，既然朝廷的政治气候仍是"寒冷"，我与其回到中央的漩涡中，不如在外地做个闲官，倒还安闲自在吧！

"人间"是对"天上"而言。正因为以"天上"比喻朝廷，才把在地方上做官比喻为"在人间"。

"弄清影"大有顾影自怜的味道，当然也是切合当时的情景的。

下片开头，先写一笔那东升而又西落的中秋明月："转朱阁，低绮户，照无眠。"这是实实在在描写一下月亮。那月亮逐步上升，又逐步下落。它转上朱阁之上，又斜入绮户之中，照着那些彻夜无眠之人。在这些无眠之人中，当然有他自己和他弟弟苏辙在内。

"不应有恨，何事长向别时圆？"这又是一问。诗人以为月亮本来是没有恨事的，却常常在人们离别之时显出团圆的样子，它是有意嘲弄人呢？还是同情人呢？句中的"别"字，不止一层意思，既是指自己和弟弟的隔别，又是指自己和朝廷的隔别。"长向"二字，用意深曲。不是偶然如此，而是长时如此，常常如此。由此可见，"月圆人未圆"是普遍的现象，人间的缺陷也是普遍的现象。

"人有悲欢离合，月有阴晴圆缺，此事古难全。"又推进一层：不但"月圆人未圆"，而且连月亮也难以长圆。大自然的事物也有缺陷，人的悲欢离合就更不奇怪了。用一"古"字，更肯定事情是从来如此。

此句好像是肯定"古难全",其实骨子里仍然带着问号。人世的悲欢离合,天上的阴晴圆缺,难道一向都是如此,无法两全其美的吗?"人",是指自己和弟弟,但也可以泛指。"月",既是现景,也象征朝廷里的政治气候。

最后,只好以良好的祝愿来作结束。

"但愿人长久,千里共婵娟。"积累了许多疑问又无法作出解答,但他却不像屈原那样悲观,他还抱着良好的愿望。"人长久",有年寿的长久,也有感情的长久。"共婵娟",既是共明月之美好,又是彼此感情的美好。诗人以为,即使相隔千里,也不须悲观失望的。

正是因为这首词所包含的不止一层意思,所以神宗皇帝读了也颇受感动。《坡仙集外纪》说:"神宗读至琼楼玉宇二句,乃叹曰:苏轼终是爱君。"

他是处在不得意的政治生涯中,心头有许多疑惧,但又抱持着期望,所以使人读了觉得他还是一片诚恳。假如他又是有意向神宗皇帝表态,那这种表态也是很成功的。

我们应该佩服诗人把宇宙问题和人生问题融汇结合的本领,佩服他指物喻事的艺术技巧;更佩服他以豪放阔大的风格入词、开创词坛新貌的才华。

水龙吟（次韵章质夫杨花词）

似花还似非花，也无人惜从教坠。抛家傍路。思量却是，无情有思。萦损柔肠，困酣娇眼，欲开还闭。梦随风万里，寻郎去处，又还被莺呼起。

不恨此花飞尽，恨西园、落红难缀。晓来雨过，遗踪何在？一池萍碎。春色三分，二分尘土，一分流水。细看来、不是杨花，点点是离人泪。

水龙吟（杨花）

章楶

燕忙莺懒芳残，正堤上柳花飘坠。轻飞乱舞，点画青林，全无才思[1]。闲趁游丝，静临深院，日长门闭。傍珠帘散漫，垂垂欲下，依前被风扶起。

兰帐玉人睡觉，怪春衣雪沾琼缀。绣床渐满，香球无数，才圆却碎。时见蜂儿，仰粘轻粉，鱼吞池水。望章台路[2]杳，金鞍游荡，有盈盈泪。

[1]这三句《唐宋诸贤绝妙词选》作"轻飞点画青林，谁道全无才思。"此据《草堂诗余》。

[2]章台路——汉代长安有章台街，唐人小说有《章台柳》记妓女柳氏事。后人因以章台为歌伎聚居之所。这三句是说，闺中少妇看不见夫婿游荡的章台路，独居寂寞，只有暗自流泪。

对于咏物诗词，好像有人说过，要"物物而不物于物"。意思是说，必须把握住对象（物物）而又不受对象所束缚（不物于物）。文艺作品之所以不能不注意这个问题，是因为文艺对于所描写的对象，绝不是纯客观地加以复制，它必须注入作者本人的精神，使客观物象带有作者本人的风格和个性，思想和感情。但这又不是把作者的主观强加给对象，以致歪曲对象的面目。正因这样，掌握得好也就并不容易。

比较，是分辨事物的好方法。我们不妨比较一下苏轼和章楶这两首咏物词。

对于这两首词，前人的议论是有很大分歧的。晚清的王国维说："东坡《水龙吟》咏杨花，和韵而似原唱；章质夫词，原唱而似和韵。才之不可强也如是！"（见《人间词话》）这种说法，代表了很大一部分评论家的意见。

宋人魏庆之说："余以为质夫词中所谓：'傍珠帘散漫，垂垂欲下，依前被、风扶起。'亦可谓曲尽杨花妙处。东坡所和虽高，恐未能及。"（见《诗人玉屑》卷廿一）他同那些不分青红皂白、不作具体分析而笼统下结论的看法是有区别的。

苏轼当然是文章能手。他知道咏物而被物象所束缚，就不能不陷于工匠似的死板刻画，何况在刻画方面，原作者章楶已经取得了相当高的成就，假如沿着这条路子去追赶他，显然是笨拙的，所以他才有意拔高一等，让物象更多地染上人的主观色彩，更多地显示人的性情品格，于是杨花同人的感情就像是更加贴近了。

自然，就拿刻画物象来说，要刻画得出色也不是一件容易的事。所谓"栩栩如生"，其实包含两个内容：一是对于物象的准确把捉，一是在这个基础之上注入作者的精神血肉。没有前者，后者便成为架空的虚幻；没有后者，前者又将失去活的生命，同样"栩栩"不起来。

从刻画物象去看，章楶也是一个高手。你看下面这几段描写：

"闲趁游丝，静临深院，日长门闭"——那些轻飘飘的小家伙，它们打伙儿从树上蹦了下来，装出毫不在乎的神气，同在树梢头飘扬着的游丝作耍了一番，然后悄没声儿地溜进人家的院子里。看见人家把大门扇都关起来，它们就在院子里来回游荡，老是不肯停下来。

"傍珠帘散漫，垂垂欲下，依前被风扶起"——它们又爬到人家的阳台上，东一个西一个，在帘子前面窥探着动静，慢慢儿它们打算从帘子底下钻到里面去，冷不防给一阵微风撺了出去，翻了几个筋斗，却还是挨到帘前，硬要往里面钻。

"兰帐玉人睡觉，怪春衣雪沾琼缀"——它们终于钻进了人家的闺房，一个个粘在人家的衣服上面，硬赖下来不肯走了。

"绣床渐满，香球无数，才圆却碎"——还有另外一些小家伙，打伙儿跳到人家床上去了，你拉我扯，滚成一团，变成一个个小球儿。滚了一回，却又拆开，又变成一个个小伶仃。它们还不肯就此罢休哩！

这样的几段描画，真是新鲜活跳，抵得上"栩栩如生"的评语，经得起反复寻味。我们岂能轻视这位章老先生！

在这样的对手面前，如今，苏东坡要去跨越他。这不是一件简单的事情。

我们且看东坡怎样解决这个难题。

"似花还似非花"——这开头一句，就看出苏老先生立意要跳出物象之外。因为，说它既像花儿，却又不像花儿，那就非实行"抽象"不可。但又不是彻底"抽象"，因为还保留了那"似花"。

"也无人惜从教坠。抛家傍路"——先用事实证明它那"非花"的一面：没有人会对它的"坠落"产生怜惜心情，任由它离开本家，在大路上随风飘泊。假如真个是花，就不致如此了。

"思量却是，无情有思"——挽回一笔：虽然是"非花"，不过仔细想来，"道是无情还有情"，所以又不完全是"非花"，它也有自己的情思。

"萦损柔肠，困酣娇眼，欲开还闭"——索性进一步把杨花人格化，想象它是一位闺中少妇。在暮春的天气里，她因思念远人而柔肠萦结，因天气倦人而娇眼欲开还闭。有人说，柔肠是比喻柔弱的柳枝，娇眼是比喻柳叶的飞舞。看来并不如此。因为题目是杨花（柳絮），作者必须在这吃紧之处紧扣题目，否则便有文不对题的危险。不过苏东坡的主观色彩未免过分强烈了些，颇有离开物象，凭空捏合的嫌疑。到底柳絮如何"萦损柔肠"，又如何"困酣娇眼"，实在是不大好领会的。

"梦随风万里，寻郎去处，又还被莺呼起"——这是顺着上面的想象下来的。这位少妇如今正在入梦，梦见自己去找寻夫婿，不料还在中途，就给可厌的黄莺儿吵醒了。虽然是暗用了唐诗人金昌绪的诗意①，但形容柳絮随风飘荡、乍去还回、欲堕仍起的动态，却是颇为传神的。

以下，转入下片，作者索性撇开比喻，站出来抒发自己的感想。

"不恨此花飞尽，恨西园、落红难缀"——上文说过"似花还似非花"，如今再从这层意思生发开去：杨花非花，所以不必怨恨飞尽；但是此花飞尽，却说明春光已逝，西园里的繁花从此纷纷飘零了，那却是很可惜的。

"晓来雨过，遗踪何在？一池萍碎"——本来漫天飞舞的杨花，只下了一场雨，便一下子消失干净。到底它们到哪儿去了？只看见满池子细碎的浮萍。曾经听人说，"柳絮入水化为萍"，那么，这许多细碎的浮萍便是它们唯一留下的踪影么？

"春色三分，二分尘土，一分流水"——如果柳絮可以代表春天，看起来，春天的气息三分之二已经变成尘土，剩下的三分之一又变成流水，一去不回了。

这真可以说是超凡脱俗的笔墨。春天可以分为三份，各有各的去向。这又使人想起唐诗人徐凝的"天下三分明月夜，二分无赖是扬州"的名句。"二分尘土，一分流水"，细想又何其确切。春天的踪影忽地无处可寻，难道不是已随同杨花化成尘土和流水么！

"细看来、不是杨花，点点是离人泪"——回应上文闺中少妇那一段。只有思妇和游子的眼泪，才如此地纷纷扬扬、无穷无尽；才能够陌上闺中，无所不在；也只有思妇游子的眼泪，才如此漫天盖地，葬送了大好春光！

至此，诗人以强烈的夸张，浓挚的情感，把全篇收束得异常饱满。

不知道读者的看法怎样，在我则认为，章粢那几段刻画，只要稍加一点形象的想象，就是一组生动活泼的"卡通"，比起东坡来实在并不见得逊色。

但是，从注入作者的情感的强度来说，东坡还是高了一头。英国"湖畔诗人"华兹华斯说过："是情感给予动作和情节以重要性，而不是动作和情节给予情感以重要性。"东坡这篇和韵，正是以情感驱动对象的动作和情节，使后者显示其不平凡的意义的。这是东坡的高明之处。

在历史上，我国出现过无数的咏物诗词。如果要鉴别它们的精粗高下，除了看作者是否有章粢那样深入地把捉物象的本领，还须看他是否有苏轼那种以情感为驭手，让骏马充分腾跃的本事——而后者是更为重要的。

①金昌绪《春怨》诗："打起黄莺儿，莫教枝上啼。啼时惊妾梦，不得到辽西。"

晏幾道

1038—1110年，字叔原，号小山，晏殊幼子，曾监颍昌许田镇，又为开封府判官。有《小山词》。

临江仙

　　斗草阶前初见，穿针楼上曾逢[1]。罗裙香露玉钗风。靓妆眉沁绿，羞脸粉生红。

　　流水便随春远，行云终与谁同？酒醒长恨锦屏空。相寻梦里路，飞雨落花中。

[1]宗懔《荆楚岁时记》："五月五日，四民并踏百草。又有斗百草之戏。"又："七月七日，是夕人家妇女，结彩缕，穿七孔针。或以金银鍮石为针，陈瓜果于庭中以乞巧。"

这是一首深情款款的怀人之作。从这首词中，我们可以看到，在那个"礼不下庶人"的封建社会，我们这位诗人却以截然不同的思想风貌出现。

晏幾道是晏殊的幼子，当他睁开眼睛辨认周围的世界的时候，四面尽是珠光宝气，前后都有翠鬟云鬓。正如生长在荣府里的贾宝玉，从小就同家里的女孩子厮混在一起那样，晏幾道在一群女孩子手里给提携长大起来。他熟悉她们的声音笑貌，感染了她们的喜怒哀乐。在他的心灵里，事物都是那么美好，人与人的关系也是温暖的。他没有歧视身边的那些所谓"下人"，他想不到人会有那么多的尔虞我诈。加上他那生就的丰富感情，更使他觉得人与人的真挚的友谊是多么可贵。我们不妨这样说，晏幾道是在贾宝玉这个理想人物诞生以前几百年就出现的贾宝玉型的真实人物。他在好些方面都有着同我们熟知的"宝二爷"相似的性格。

试看这一首脍炙人口的《临江仙》，就可以说明晏家公子那美好灵魂的某一侧面。

词是为了怀念一个已经离开自己的女孩子而写的。

这个女孩子显然是晏家中的一个婢女。她的身份，到底相当于贾宝玉身边的花袭人，还是贾母身边的鸳鸯儿，现在已经无法确定了。我们只能从词中的描述，知道她曾经在晏府里服侍过人，而后来又遣嫁了出去的。

先请看上片。不过寥寥五句，可是一句一景，一景一情，景中不仅有人，也有人物的感情透出；而且，通过这情景交融的描写，又暗暗交代了双方感情的由浅而深，逐步递变。更妙的是，这个女孩子的音容笑貌，也仿佛可以呼之欲出。我们仅仅看了这么几句，便不难领略小晏的高妙的艺术手法了。

"斗草阶前初见"——女孩子初进晏府，看来是某一年的夏天。那时候，女孩子们在端午节日喜欢做"斗百草"的游戏。晏公子是在她同别的姑娘们斗草的时候第一次看见她的。

"穿针楼上曾逢"——转眼又到了七夕。七月七日是姑娘们的节日。《西京杂记》说："汉彩女尝以七月七日穿针于开襟楼。"这种风俗就从汉代一直流传下来。那一天，晏家的女孩子——她们的身份大概就像贾府的丫头吧——都凑到楼上，对着牛女双星穿乞巧针。也就是在这天晚上，他同她又一次碰了面。

"罗裙香露玉钗风"——又一次见面是在庭院前。她的裙子沾了露水，玉钗在头上迎风微颤，正在同一群女孩子在花阴树下戏耍。

"靓妆眉沁绿"——她还没有发现他走近自己身边。

"羞脸粉生红"——她突然发现走近身边来的他。

以上是追述他和她的三次偶然的、不期而遇的见面。那时候，她进入晏府还没多久，而且，她还不是他身边的人。

进入下片，却已是女孩子已经离开晏府之后了。中间留下了一大段空白，小晏没有来得及加以描写。到底他同她有过一段什么样的关系，发生过什么样的感情……我们现在都无从知道。但是，从小晏那深情一片的忆念中，我们仍然能够探出一点消息。

"流水便随春远"——时光就像流水一样，把春天带走，也把他俩那段美好的生活一同带走。

"行云终与谁同"——如今，她究竟同哪些人在一起生活啊？

宋代词人欧阳修的《蝶恋花》词，有"几日行云何处去？忘却归来，不道春将暮"的句子（此词一作冯延巳）。"行云"自然可以比拟为人的踪迹无定。可是这词儿是从宋玉《高唐赋》"旦为行云，暮为行雨"来的。这个"行云行雨"的人，正是巫山神女。由于她同楚王有过一段男女之间的关系，后人提到"神女"时，常是作为一种代词，指倡伎式或近于倡伎式的人物；而"行云"一词，也多少带有同别人情恋的意思。宋词中的"行云"就常是如此。

我们仔细寻味上面这两句，就可以明白，上句是指光阴过得很快，转眼之间，他同她那段共同生活便中止了；下句是说，她如今像传说中的神女，不知又到哪个地方"行云行雨"去了。换句话说，她如今已经不知属于谁人了。

"酒醒长恨锦屏空"——人是早已走了，再也不回来了。可是，那情感却一直留了下来。每当夜阑酒醒的时候，总觉得围屏是空荡荡的，他永远也找不回能够填满这空虚的那一段温暖了。

很显然，他同她有过一段共同在一起的生活经历，这段生活使他永久无法忘怀。而且，他又多么希望她和他永远生活在一起啊！

于是，我们看到小晏写下了如此动人心魄的两句话：

"相寻梦里路，飞雨落花中"——是落花时节，在春雨飞洒中，他独个儿跋山涉水，到处寻找那女孩子。尽管这是在梦里吧，他仍然希望能够找到她。

这真是何等崇高的境界！

从近处看，这是小晏对那女子的强烈的怀念。单是从这一点看，晏家公子的深情一片，已经使我们异常感动了。须知在他生活的那个时代，封建等级制度是那样沉重地压在每个人的身上。被看成"贱民"似的婢女，连独立的人格也是不存在的；从正统的观点看，他们压根儿不是士大夫阶级所认为的真正的人，更不值得加以怀念。然而我们这位诗人却有着高出于同时代的一般士大夫的优美的灵魂。他不仅在心里镂刻着他和她之间的一段感情，而且还要"相寻梦里路"，把对方看成自己所追求向往的理想的对象。在那个社会中，这难道不是绝无仅有的吗？

然而我们还要想得更远——"相寻梦里路，飞雨落花中"，这是小晏有意无意之间向我们揭示他一心追求的一种崇高境界。他不满意眼前的现实，他要追求他的理想王国，但他又分明知道，他的理想王国似乎只能存在于"华胥世界"之中，能够无拘无束地驰骋的也只有自己的梦魂。于是他反复地咏叹自己的梦境：

梦魂惯得无拘检，又踏杨花过谢桥。

——《鹧鸪天》

梦入江南烟水路，行尽江南，不与离人遇。

——《蝶恋花》

从别后，忆相逢，几回魂梦与君同？

——《鹧鸪天》

莫道后期无定，梦魂犹有相逢。

——《清平乐》

如今不是梦，真个到伊行。

——《临江仙》

　　应该说，这不是偶然的，这正是小晏在封建制度的束缚下热烈向往自由、追求解放的心理反映。尽管他的想法非常天真，幻想的境界那么优美，但那是不可能在现实生活中存在，甚至也不可能永远在梦魂中出现的。然而，我们与其责备作者，毋宁赞美作者。因为一种思想的升华，总要排除妨碍其升华的杂质。人们幻想中的乌托邦，宗教圣光里的极乐世界，其实都是这样的。我们为什么不允许小晏追寻那"飞雨落花"的世界呢！

鹧鸪天

彩袖殷勤捧玉钟，当年拚却醉颜红。舞低杨柳楼心月，歌尽桃花扇影风。

从别后，忆相逢，几回魂梦与君同？今宵剩把银钉照，犹恐相逢是梦中。

19世纪法国两位作家——福楼拜和乔治·桑，曾在1875年展开一场不大不小的争论。福楼拜坚持他对小说的观点，曾经说："艺术家不该在他的作品里面露面，就像上帝不该在自然里面露面一样。"

他这话可能说得绝对了一点，有些作家是不会服气的。可是，他这话到底在很大范围内归纳了小说的一个重要特点。因为小说家所努力塑造的典型人物，其中即使有作者自己的影子，他也不肯坦白地宣说出来。他仿佛是个冷眼旁观的第三者。正如写《红楼梦》的曹雪芹，明明那主角正是他自己的影子，他却把写书的人说是什么"石兄"，由空空道人抄来，而曹雪芹自己不过是拿来披阅增删罢了。

同小说家所避开的相反，抒情诗人所全力以赴的，却是塑造自己的形象。他不仅不应该避开自己，反而要把自己的灵魂充分显示，而且显示得越鲜明、越有个性就越好。似乎可以说，在这一点上，划开了抒情诗人与小说家之间的一道鸿沟。

古今中外的著名抒情诗人，都是自觉或不自觉地在作品中塑造自己的形象。因为形象是如此具体鲜明、个性突出，使读者对他感到十分亲切，为之念念不忘。然而这并不是所有写诗填词的人都能够做到的，有些人甚至故意隐瞒自己的感情，而把虚伪浮夸或言不由衷的辞藻加以堆砌，以为技巧就是一切。

从这个角度我们去看晏幾道，就可以清楚地看到，在塑造作者自己的形象方面，他的成就是超卓的。试读读他的词集吧（晏幾道的词集叫《小山词》，传世有汲古阁《宋六十名家词》本，晏端书刻《二晏词钞》本，朱孝臧《彊村丛书》本），你会看到一个性格鲜明的人物，决不会比你在一些著名小说中看到的人物逊色。

这里选的一首《鹧鸪天》，不过是随手拈来的例子。它写的是他同一个歌伎久别重逢时的喜悦。事情本来十分寻常，然而你注意看他那鲜明的性格，那无邪的品质。

词的上片，写分手之前一段往事。

小晏不知道是在哪家秦楼楚馆碰上这个歌女。他俩好像一见钟情。一方面，她是"彩袖殷勤捧玉钟"；一方面，他是"当年拚却醉颜红"。从对方的"殷勤"，小晏的"拚却"，我们分明看见当时的情景。双方的柔情蜜意，通过这幅小小画面，十分形象地描画了下来。

他进一步饱满地写那段美好的往事："舞低杨柳楼心月"——许多个夜晚，在轻歌曼舞的氛围中，他们彼此都忘却了时间的流逝，直到楼外的杨柳树梢坠下了金黄色的晓月，才发觉天快亮了（楼心月，指午夜，月低了，便近天明，所以说"舞低杨柳楼心月"。或说，杨柳是楼名，似无根据）。

"歌尽桃花扇影风"——清人孔尚任的《桃花扇传奇》是说杨龙友因着李香君的鲜血，在扇子上画了几朵桃花。我不知道孔尚任是不是把这首词的"桃花扇"理解为绘画着桃花的扇子，但何尝不可以说，他们在桃花盛开的日子，她拿着扇子，清歌数曲，让桃花洒满了一地呢！反正，当年小晏和那位女郎就在歌声扇影之中，非常愉快地度过了一段美好时光。

以上四句，一个承平公子和他所眷恋的歌女的形象，已经初步描画出来了。而且正如晁补之（比晏幾道稍后的词人）说的："自可知此人不生在三家村中也。"①当时的读者便已经触摸到小晏刻画人物的妙手了。

然而，形象的光辉毕竟还是出现在下片。

"从别后，忆相逢，几回魂梦与君同"——他俩不知道为什么会分手，分手之后又为什么会渺无音信。反正彼此是离开了，而且离开的时间不算太短。但小晏却始终没有把这段生活忘却，更没有把这位女郎忘却。不但不忘却，而且，"几回魂梦与君同"，不知多少回在梦中同她一起，并不因为对方只是一个歌女，根本不值得回念那段往事。

这不正是一个活生生的小晏吗！（我说这句话，并不是只根据他的这两句。）

于是，一个更加动人的场面出现了：

他俩又意外地重逢了。我们这位晏公子这份惊喜过望就集中在这两句话里："今宵剩把银钉照，犹恐相逢是梦中！"他把她拉到灯下来，再三端详着："这是做梦吧！不！这不是做梦。但也许正是又在做梦哩！"

那是多么优美的一幅画像，那是多么高尚的一个灵魂，真不能不使人欢喜赞叹，不能自已。

是的，"夜阑更秉烛，相对如梦寐"。杜甫早就写过了。但在小晏笔下却另有一番光彩。它不是简单地仿效或复摄，而是赋予人物以新的精神面貌。这正是我们的小晏，一个勇敢地打破贵贱之分的青年人，一个感情深挚而又锲而不舍的青年人，一个平平凡凡然而又是使"天地为之久低昂"的人！

---

①《诗人玉屑》引王直方《诗话》，又认为这话是黄庭坚说的。

少年游

离多最是，东西流水，终解两相逢。浅情纵似，行云无定，犹到梦魂中。

可怜人意，薄于云水，佳会更难重。细想从来，断肠多处，不与这番同！

黄庭坚对晏幾道曾经有过这样的评论："余尝论，叔原，固人英也，其痴亦自绝人。"下面就谈到小晏有"四痴"。最后那一痴是："人百负之而不恨；己信人终不疑其欺己。"黄庭坚和小晏是朋友，他的话是得自亲闻亲见，所以完全可信。对于这一点，我们在小晏的作品里也得到大量的印证。

生活在所谓承平时代，出身于世家大族的公子群中，的确有些人是颇有点儿"傻气"的，虽然具体的表现并不完全相同。在小晏来说，除了不懂得奔走于权贵门前，不肯写朝廷规定的应制文章，不懂得如何用钱之外，最显得突出的便是"人百负之而不恨；己信人终不疑其欺己"这一点了。我们现在已经无从知道他是怎么盲目相信别人，而别人又是怎样欺负他的；可是，透过他留下来的作品，仍然可以看出他对人的信赖和尊重，同情和谅解，以及在对人感情上的真纯。比方说，他对于同自己相好过的女子，其中有些人，身份还被认为是"卑贱"的，他不仅始终寄与同情，而且即使对方辜负了他，他仍然不怨恨对方，甚至依旧强烈思念着。难怪许多人都说他"痴"。而这种"痴"，在一般公子群中，却是非常罕见的。

他写过一首《醉落魄》，下片说：

若问相思何处歇？相逢便是相思彻。尽饶别后留心别（尽管对方分手以后已经恋上了别人），也待相逢，细把相思说。

分明人已经走了，而且并没有再惦念自己，可是小晏还是盼望着有朝一日，彼此相逢，把自己那一段思忆之情一点一滴向对方诉说。

还有一首是这样写的：

相逢欲话相思苦，浅情肯信相思否？还恐漫相思，浅情人不知。

忆曾携手处，月满窗前路。长到月来时，不眠犹待伊。

——《菩萨蛮》

他知道，对方并不是个深于感情的人，自己对她的深情厚意，她未必能够理解。既然如此，这股傻劲儿不是白费了吗？可是从前那段往事，又像用刀子镂在自己心上，以致一看见窗前的月亮，就重新回忆起来，还幻想她突然会回到自己的跟前，因而深夜还在守候着呢！

这种品格是很难拿别的事物去加以比拟的，只能重复黄庭坚那句话："其痴亦自绝人。"

这首《少年游》用不着怎样解释，他同样是使用本人的艺术语言，表达他本人的"痴"。它的具体背景我们也不知道，也许是为一个女性写的，也许是为一个朋友写的。那种"薄于云水"的"人意"的感叹，也许是得到对方非常无情的回答，也许还有其他的事情。总之，是使他感到万分难过。然而，受到这种不幸打击的时候，他仍然没有憎恨对方，而只是慨叹着"佳会更难重"，只是"细想从来，断肠多处，不与这番同！"让自己咽下这深沉悲痛的苦果，而不愿也不忍去触伤对方的心灵。

人，是应该有所爱憎的。对于薄情负义的人，也是应该鄙视的。然而，这终究不过是个人与个人之间的事；而且，当想到这不是某一个人本身能负得了的责任（这种原因是复杂的），当想到比个人远为强大而且顽固的某些势力的严重存在，那么，对于某个单独的人，你又能怨恨他什么呢？

这也许不是小晏的原意吧。我们对于他的了解毕竟还是那么浅薄，对他心灵的活动更是茫无所知。但他对社会的理念却总是高出于"个人"之上，甚至有些地方还超出他那个时代的一般水平。从他的大量作品里，从他朋友对他的评论中，我们还是多少可以体会得到的。

清平乐

留人不住，醉解兰舟去。一棹碧涛春水路，过尽晓莺啼处。

渡头杨柳青青，枝枝叶叶离情。此后锦书休寄，画楼云雨无凭。

深情的人很难不碰上倒霉的事儿。

小晏就是经常碰到这种倒霉事儿的。如今这又是一桩。

制造这种倒霉事儿的就是那些浅情的人。在他那个社会，在他遭遇的生活里，他碰到这种人委实不少。小晏却总是带着无可奈何的心情和惋惜的语气提起他们或她们，在他的作品中曾再三地这样说：

还恐漫相思，浅情人不知。

——《菩萨蛮》

懊恼寒花暂时香，与情浅、人相似。

——《留春令》

欲把相思说似谁？浅情人不知。

——《长相思》

别来久，浅情未有、锦字系征鸿。

——《满庭芳》

对于那些拿别人的感情故意作践的人，他甚至说得更加激动：

相思本是无凭语，莫向花笺费泪行。

——《鹧鸪天》

回头满眼凄凉事，秋月春风岂得知？

——《鹧鸪天》

齐斗堆金，难买丹诚一寸真。

——《采桑子》

怅恨不逢如意酒，寻思难值有情人。

———《浣溪沙》

但虽然这样懊恼着，他可始终没有想到以牙还牙，向谁寻求报复；自然，他也不会忽然大彻大悟，从此"披发入山"，当和尚去的。他不是曹雪芹或高鹗笔下能跟和尚道士出家的贾宝玉，他是活生生的一个晏家公子。

在这首《清平乐》里，晏幾道对于那个"千留万留不住"的人，也是感到懊恼的。看他一开头就下了"留人不住"四个字，想见已经挽留过不知多少回，终于无法留得。"醉解兰舟去"，她喝醉了，却毫无留恋之意，船缆一解，就决绝地走掉。他呢，仍然陪着她喝酒，仍然殷勤相送。

"一棹碧涛春水路，过尽晓莺啼处"——这一带的江上景色，原是他和她平时流连欣赏过的。那些春涛、晓莺、青山、杨柳，他是这样熟悉。如今还是这些景色，可那人已经把它丢在脑后，头也不回地走掉。眼看那船儿在碧波春水中飞箭似的驶了过去，转眼便"过尽晓莺啼处"，可以想见小晏的心情是如何怅惘。

等到连"一棹"的影子都消失了以后，他猛地回过头来，只剩下"渡头杨柳青青"，这时心情的寂寞和激动才到了顶点。一方面，看到堤边的杨柳就仿佛一枝一叶都染上离情别绪；另一方面，又恼着对方走得这样决绝，因而陡然涌起了"此后锦书休寄，画楼云雨无凭"的念头来。反正这些人物都是一走就完事的，自己又何必书呀信呀向她寄个不休呢!

　　但这又不过是一时激动,好像恍然大悟,从此割舍一切,而其实并非如此的。深情的人不会真正割舍,因为他常常想到对方曾经在自己心头留下的美好的印象。那些一时决绝的话,不过是更加执着的表面的反拨罢了。否则,在他的眼里,就不会出现"枝枝叶叶离情"的感觉了。

　　我们相信,小晏终于会在心灵里留下她那美好的印象,正如一位伟大的哲学家或诗人,尽情排除了在现实中还存在的渣滓,然后让思想境界获得最高的升华。

阮郎归

天边金掌露成霜，云随雁字长。绿杯红袖[1]趁重阳，人情似故乡。

兰佩紫，菊簪黄[2]，殷勤理旧狂。欲将沉醉换悲凉，清歌莫断肠。

[1]绿杯红袖——绿杯指摆设的筵席。红袖指妇女。

[2]佩紫——在衣襟佩上紫色的蕙兰。簪黄——在头上簪戴黄菊。

从这首词的感情内容来看，它无疑是小晏晚年的作品。

人年纪大了，阅历也加深了，已经不再是"归梦碧纱窗，说与人人道，真个别离难，不似相逢好"那种公子哥儿的脆弱感情了。现在住在京城里，虽然也会想到从前的故乡，但是那感情显然不是用"思乡"两字包括得了的。于是，这一篇"重九词"也就显得感慨深沉，情怀凄冷，好像换上另外一种调子了。

词一开头，令节已在深秋。从"天边金掌"四字，可知地点是在京城汴梁。因为"金掌"原是汉武帝为了求仙而建立的。《三辅黄图·台榭》载："通天台，上有承露盘，仙人掌擎玉杯，以承云表之露。"这个汉代的古董久已毁失。北宋徽宗时，大兴道教，信神仙，徽宗自称为"教主道君皇帝"，下诏天下所有"洞天福地"都修建宫观，塑造圣像。他是否曾建造承露盘仙人掌呢？据《宋史》记载，钦宗靖康二年（1127），金人南侵，俘虏了徽钦二帝，还把礼器、法物、八宝、九鼎、圭璧、浑天仪、铜人、刻漏、古器等掠夺北去。其中"铜人"大抵就是承露的仙人掌。李贺诗有《金铜仙人辞汉歌》，"金铜仙人""铜人"，应是同类之物[①]。再证以晏幾道此词的"天边金掌"，可见在汴京确曾建立过这种求仙长生的东西。

"云随雁字长"，是说天上拖着长条形的卷云，还有一行飞雁，列成一字，向南飞去。这两句点出时序已是深秋，为下文的"趁重阳"先作衬垫。

晏幾道虽说是丞相晏殊的幼子，但仕宦很不得意，曾做过一员小官——监颍昌府许田镇。《宋史·职官志》七载："诸镇置于管下人烟繁盛处，设监官，管火禁或兼酒税之事。"略等于后代的一个镇长。他当这个官时间很短，不久就退休回家（但据说他还任过开封府判官）。此时是住在汴京，因为那儿有皇帝赐给他父亲的邸宅。

时逢重阳佳节，都中士女都纷纷到郊外游赏。《东京梦华录》载："九月重阳，都下赏菊。"又说："酒家皆以菊花缚成洞户，都人多出郊外登高，如仓王庙、四里桥、愁台、梁王城、砚台、毛驼冈、独乐冈等处宴聚。"陈元靓《岁时广记》引《岁时杂记》说："都城人家妇女，剪彩缯为茱萸、菊、木芙蓉花以相送遗。"可见当时风俗。这一幕幕景色，一处处繁闹，都勾引起小晏对许多旧事的回忆，使他禁不住涌出了"人情似故乡"的感想。这故乡，也许就是晏殊的祖居临川（今江西抚州市）吧。

在重阳节的欢闹中，他也是照例出来应节的各色人物中的一个，但并没有人特别去讨好他，他也不想去讨好什么人。那些平日要好的朋友，如今死的死了，散的散了。但毕竟是重阳佳节啊！既然大家都这样兴高采烈，自己又何妨照例佩上紫兰，簪上黄菊，装成欢乐的样子呢！然而在搬弄这些玩意儿的时候，心情却是很复杂的。他想起从前的日子，年纪还轻，也是每年闹着这些个玩意。如今照样还是闹着，可是时间不同，心情也不同了。现在怎么能够像做公子哥儿的时候，那样傻里傻气地闹着啊！但从前那段生活，又是多么可恋，如今，当已经消失了那股傻劲儿的时候，反而觉得过去那股傻劲儿多么耐人寻味，多么可珍可贵了。而且，从今以后，还有多少个年头的重阳可以闹着呢？倒不如尽情尽意地佩紫、簪黄，再闹它一番吧——这就是"殷勤理旧狂"五个字包含的复杂而又感慨深沉的内容。

"理旧狂"，正是对悲凉心情的无可奈何的反拨；"殷勤"理它，又可见这悲凉是沉重的。为了摆脱这种悲凉，于是他想到：还是听听那些美妙的曲子，让自己沉浸在酒杯和歌喉的甜美境界中，再不要惹起什么哀愁了！他好像是要追求一种解脱，一种忘却；然而，恐怕连他自己也不会相信这真能换来欢乐吧！

这才是小晏晚年的真正悲哀。

于是，他让我们看到：尽管也还是那种披肝沥胆的真挚，但在经历了多少风尘磨折之后，悲凉已经压倒了缠绵；虽然还有镂刻不灭的回忆，可是已经很害怕回忆了。

时间，对于一个人来说，非常有限，同时又是非常冷酷的。深情到像小晏，也给时光的流水冲刷到这种程度——拿它同"彩袖殷勤捧玉钟，当年拚却醉颜红"那种豪情胜概，以及"长到月明时，不眠犹待伊"那种向回忆强烈拥抱的心情比较起来，相隔是多么遥远啊！

①如今北京北海公园琼华岛西北半山上有一汉白玉石柱，上立铜铸仙人捧盘像，有人说是金朝时从汴京移来的。

阮郎归

旧香残粉似当初，人情恨不如。一春犹有数行书，秋来书更疏。

衾凤冷，枕鸳孤，愁肠待酒舒。梦魂纵有也成虚，那堪和梦无！

我们现在可以转过来着重欣赏一下小晏的艺术技巧了。

弄文艺的人，都不会忽视技巧的掌握，并且大抵知道技巧是为内容而服务的，单纯追求技巧只是舍本逐末。虽则如此，技巧还是挺重要的。文，就是外表好看的东西；艺，就是专门的技巧。所以"文艺"本身正是要体现好看和有技巧的，否则，它不成其为好的文艺。

技巧自然掌握得越纯熟、越多门就越好。正如俗语说的："长袖善舞，多财善贾。"

但有人似乎忽略了一层：长袖未必善舞，多财也会成为守财奴。正如巴尔扎克笔下那个葛朗台老头，黄金堆在屋子里，却没有给一家人带来半点儿快乐，连排场和阔气都谈不上。

技巧有了，用得不是地方，也就等于没有地方使用，在文艺史上，这并不是什么难以想象的怪事。

如今暂且撇开这个话头，先谈谈小晏这首短短九行的小词。

这首词抒写的仍然不外是一种思忆之情。但它同其他同类主题的作品比较，在技巧上却自有它的特色。小晏在这首词里，运用了层层开剥的手法，把人物面对的矛盾逐步推上尖端，推向一个绝境，从而展示了人生不可解脱的一种痛苦。

这词上下两片，九句话，可以分为六段。

第一段："旧香残粉似当初。"人显然已经走了，但留下她用过的东西。在小晏看来，它们都并没有发生任何变化，只是"人情"却不是当初了。物和人对比，由此揭开了矛盾。

第二段："一春犹有数行书。"盼来盼去，总算盼到一封信来了，这还是一种安慰，虽然不过仅仅数行而已。然而，"秋来书更疏"，证明对方的感情越来越冷淡，越来越疏远。这就探进一步，事实上证明了"人情"的"不如"。

第三段揭示自己眼前的实境："衾凤冷，枕鸳孤。"自己并没有别恋他人，当时的信誓自己是坚守着的。

第四段："愁肠待酒舒。"还有什么别的办法呢？除了拿酒来使自己开解，使自己麻木。

第五段："梦魂纵有也成虚。"于是矛盾进入白热化。他指出，自己便是进入梦魂中去找她吧，那也是白费的。为什么？因为她同自己的想法不一样，连梦中看见她的，她的感情也是冰冷冰冷的，让自己很不好受。

第六段："那堪和梦无。"以"和梦无"三字向"梦魂纵有"反戈刺入，于是构成了心死魂断、完全绝望的境界。就像《红楼梦》写到林黛玉的结局："一点泪也没有了。"

作者就是这样层层开剥，步步紧迫，把感情挤压到无可回旋的地步，使人产生了异样的黯然情绪。

有人也许会这样说：这种技巧，说来也寻常，不过是层层剥入罢了，在古人作品中是不乏其例的。自然，这话也有它的理由。然而技巧并不是独立存在的，我们不能忽视与技巧同时存在的作者深挚的感情内容。

没有相应的感情内容，技巧就成为一个空架子，正如没有真正敌人，军队的活动就不过是一种演习。常常看到有些人写东西，文字技巧是不坏的，可就不能打动人，最多只能说一句：技巧还好。正如说，这次演习获得成功。

拿小晏的作品作为例子，在北宋诸大家中，若纯从技巧来看，小晏并不算特别出色，所以有人拿他父亲比作牡丹，而小晏不过是文杏。更多的人则大赞周邦彦的技巧如何出神入化。假如从纯粹的技巧去看，这是无可非议的。而我则更加喜爱小晏，原因便在于他那感情的光彩在技巧的组绣中，有如"照花前后镜，花面交相映。"（温庭筠《菩萨蛮》）不仅仅是"花花相映发"而已。

再举个极端一点的例子吧。南宋有个叫谢直的人，写了一首《卜算子》给情人送行，你看他是怎样写的：

双桨浪花平，夹岸青山锁。你自归家我自归，说着如何过？我断不思量，你莫思量我。将你从前与我心，付与他人可！

这样的人，就算拥有再高明的技巧，你能对他说些什么呢？

生查子 [1]

关山魂梦长，鱼雁音尘[2]少。两鬓可怜青，只为相思老。

归梦碧纱窗，说与人人[3]道：真个别离难，不似相逢好。

[1]这首词既见于《小山词》，又见于《杜寿域词》，而《唐宋诸贤绝妙词选》又以为是王观的作品。我以为，《杜寿域词》所收作品相当庞杂，混进了不少冯延巳、晏殊和欧阳修的，甚至还有李煜的。至于王观的词，也是由后人裒辑而成，《绝妙词选》可能弄乱了作者的名字。此词定为晏几道作，似乎较妥。

[2]音尘——音书信息。宋谢庄《月赋》："美人迈兮音尘阙，隔千里兮共明月。"李白《忆秦娥》词："咸阳古道音尘绝。"

[3]人人——心爱的人。黄庭坚《少年心》词："似合欢桃核，真堪人恨。心儿里有两个人人。"又："心里人人，暂不见霎时难过。"均是。

有些作者擅长于摹写人物性格，虽然寥寥几笔，因为掌握了对方的特征，一下子就把人物写活了。

有些作者又善于描绘自己，也不过是那么三两笔，就把自己的精神面貌活泼泼地勾勒下来。

这都是非有熟练的技巧不行的；但这决不只是词章文字方面的技巧。作者首先应该熟悉人，熟悉人的精神世界。有千万种人就有千万种不同的精神上的差别，而这种差别又是同千万种不同的客观条件加给他的影响分不开的。"千人一面"之所以是个严重的贬词，正因为他把多样简化成为一样；而有些人甚至蛮不讲理地否认多样，只承认他自己定下的那个一样。

我们多看看古今作者对人物性格的生动描写，不但对小说、戏剧等创作是有益的，对诗词的创作同样是有益的。

就以小晏这首词为例吧。

你看小晏在这首词里描写的这个人物多么有其特色！那个呼之欲出的人物的性格竟是如此鲜明，真不愧是摄神之笔。

它是作为一个远方游子的口吻说话的。这个游子，不是老于风尘的世故老人，不是常出经商的瞿塘贾客，也不是周游求食的落魄文人……而是平时并未离开过温暖的家庭，这次突然襆被出行，远涉关山，因此感到非常不习惯的少年公子。他一走到外面，只觉得整个大地都变了颜色，样样东西都不称心如意，干出许多傻事，闹了不少笑话。假如你是小说家或戏剧家，真可以把他这段生活写成一个绝妙的喜剧故事。

但小晏只是写他的词，他不可能使用许多笔墨。你看他只是拣出这位公子的两三个镜头，一两句说话，就把人物写活了。这就是他的本领。

开头四句，就已经透出了这位公子的傻里傻气：那青年人离开家乡以后，自然是满口埋怨。这里只是突出写他既怨魂梦思家之长，又怨家中音书之少；他不歇拿起镜子，对着满头黑鬓鬓的秀发，硬是埋怨说一下子就老了许多，还执拗说这是因为思念家人的缘故。

他这股傻劲儿继续发展了。他想着要做梦，因为那是能够见到他的家人妻子的绝妙而唯一的办法，而他却也居然做到了。在梦里，他就对着妻子大诉其苦：

真个别离难，不似相逢好。

又是一句傻里傻气的废话。不过它又是这位公子哥儿在饱受苦楚之后，从内心中迸发出来的一句真心话。谁不知道别离难、相逢好呢？难得这位哥儿在此时此地说出这种最平凡的真理，让你恼也不是，笑也不是。我们只好说，这是一句"傻角的语言"。

傻角的语言，往往就是哲人的语言。就看你从哪个角度去评量它。秦二世时代的小丑优游对皇帝说："陛下想把皇城都上了漆，那多好哇！滑滑溜溜，敌人怎么也爬不上来。只是，漆器上漆以后，要放进阴黑的屋子里阴干的，我们怎么把皇城装进黑屋子里去呢？"你说他是傻角还是哲人？

照我看，小晏便是傻角和哲人的结合体。他平生的"四痴"和他留下来的作品的光彩互相辉映，便是一个明证。这首词也是一个明证。

御街行

　　街南绿树春饶絮，雪满游春路；树头花艳杂娇云，树底人家朱户。北楼闲上，疏帘高卷，直见街南树。

　　阑干倚尽犹慵去，几度黄昏雨。晚春盘马踏青苔，曾傍绿阴深驻。落花犹在，香屏空掩，人面知何处？

这首词，按词牌是分成上下两片；但按内容，却是分成上、中、下三个段落的。作者灵活地打破了原来的局限。

从开头到"树底人家朱户"，是第一段，写的是街南。从"北楼闲上"到"几度黄昏雨"，是第二段，写的是街北。从"晚春盘马"以下，是第三段，回头再写街南。其中，第一段是眼下的街南，第二段是眼下的街北，第三段则是过去的街南。三段之中分成两段不同时间，这又是一个变化。虽然仍旧是忆旧的主题，在艺术安排上却是下了一番工夫的。

作者通过一系列有如电影镜头的处理手法，以街和树作为画面的主干，中间插入人物的活动，反复变换，给读者以形象性的暗示，然后在最末一句点出题旨，使读者获得艺术上的满足。

现在我们就从这个角度分析一下这首词的"蒙太奇"。

"街南绿树春饶絮，雪满游春路"——画面上出现一条街道的一部分，夹道绿阴，杨柳摇曳，树上和路上满铺着白蒙蒙的飞絮，仿佛刚下了一场雪。

"树头花艳杂娇云，树底人家朱户"——镜头前移，树上开着各样颜色的花，繁密得就像五色云彩。镜头继续前移，透过树阴，出现了朱门一角。

"北楼闲上，疏帘高卷，直见街南树"——画面转换，出现了街的另一端，即街北。树影中出现一座楼房，有个人孤独地缓步登楼。镜头随移，推近。楼上珠帘高卷，出现了登楼人的面影。他倚着栏杆，向前眺望，神情惨淡，若有所思。镜头顺着他的目光，移到远处，那就是刚才出现的朱楼，如今隐约可见。

"阑干倚尽犹慵去，几度黄昏雨"——雨景，雨而又晴，斜阳下，树影变长。倚阑人凝神深思，并没有移动位置。

"晚春盘马踏青苔，曾傍绿阴深驻"——画面化为回忆。是另一个晚春，也是满路落花，也是那边街角，倚阑的人此时正骑着一匹细马，在画面上出现。马在绿树丛中停下，人在马上瞻望，若有所盼。朱楼上面，隐约出现一个女郎的秀影。

"落花犹在，香屏空掩，人面知何处"——画面又回到现在：朱楼的近影，空虚寂寞，重门深闭，绿窗低掩，悄然无人，下面是落花满地……

我对电影这一行全无研究，上面分出来的镜头，也许全是外行的胡闹，贻笑大方。不过，电影工作者显然是能够根据这首词的内容把它构成电影的片断的。

我倒是盼望从事电影工作的人，多留意一下宋词这一类的描写手法，它是有助于电影工作者的思考的。唐诗和宋词都长于运用形象。不论是抒情还是叙事，或者描写人物的思想、性情，常常都以景物的隐现变化来进行表达。这不单是我国诗歌的一份丰富遗产，也是电影工作者很可贵的参考资料。这里不过是聊举一例，而且未必便是最有代表性的。

蝶恋花[1]

　　欲减罗衣寒未去，不卷珠帘，人在深深处。残杏枝头花几许（红杏枝头花几许）？啼红正恨清明雨（啼痕止恨清明雨）。

　　尽日沉香烟一缕（尽日沉烟香一缕），宿酒醒迟（宿雨醒迟），恼破春情绪。远信还因归燕误（飞燕又将归信误），小屏风上西江路。

[1]文字根据《小山词》，括号内是曾慥《乐府雅词》的异文。

蝶恋花

卷絮风头寒欲尽，坠粉飘红，日日香成阵（坠粉飘香，日日红成阵）。新酒又添残酒困，今春不减前春恨。

蝶去莺飞无处问，隔水高楼，望断双鱼信。恼乱层波横一寸（恼乱横波秋一寸），斜阳只与黄昏近。

词，也叫作曲子，开头主要是供歌伎伶工们演唱用的，并不纯是案头文学。有人唱自然也有人抄，经过辗转的传唱传抄，难免出现错误，所以现存的宋词，不但错字和异文都不少，而且有些连作者的名字都弄乱了，或张冠李戴，或一首词出现几个作者名字。

清代以来，有人做了些校辑工作，有一定的成绩，可惜收效不大，存在的问题还很多。这份工作，将来有心人还是要继续下一番艰苦工夫的。

这里举出晏幾道的两首《蝶恋花》作为例子，因为一则它有异文，二则出现两个作者名字，三则长期以来给选家们张冠李戴，尚未"物归原主"。

这两首《蝶恋花》，收在南宋初年曾慥编的《乐府雅词》，署上赵令畤的名字。但是传世的《小山词》也有这两首。历代许多选家都根据《乐府雅词》认为是赵令畤（也是北宋作者）的作品，反而把晏幾道的名字湮没了（朱孝臧《宋词三百首》、梁令娴《艺蘅馆词选》、龙榆生《唐宋名家词选》等均是）。这是很不公平的。其实，这两首词的作者应是晏幾道，它同赵令畤无关。我们研究一下词里的几处异文，就能够分辨出来。

先看第一首的异文：

《小山词》晏作"残杏枝头花几许，啼红正恨清明雨"。

《乐府雅词》（赵）作"红杏枝头花几许，啼痕止恨清明雨"。

初看似乎两者都说得通，但仔细分析，所谓赵作便显出破绽。

"红杏"和"残杏"先不管它，"啼痕"和"啼红"相差便远。"啼痕"者，泪痕也。它是属于在"深深处"的人吗？为什么人的落泪是"止恨清明雨"？是因为清明下雨而停止了恨，还是别的不恨，只恨清明下雨？所以句子首先就费解。若说这是杏花的啼痕，也一样难以索解，而且泪痕只是一种现象，它本身怎么能恨得起来？晏作"啼红正恨清明雨"，那便非常清楚，指的是残杏因雨，零落更稀，花染水珠，有如啼泣。作者想象它是在恼恨清明的雨，所以上句用"残杏"，下句则用"啼红"相应（啼痕不可能恨雨，啼红则是杏花的代词，故可以恨雨）。意思十分明豁，绝不会引起误解。

下片，赵作"宿雨醒迟"[①]，晏作"宿酒醒迟"，一字之差，前者不通，后者明白。雨无所谓醒与不醒，更何有于迟早？即使说，它指的是人因宿雨而醒迟，也同样不通。"宿雨"者，昨夜下过如今不再下之雨也。刚才还说"止恨清明雨"，如今忽又说"宿雨"，到底是下雨还是雨止？何况昨夜下雨，同今天人的醒迟，有什么必然的联系？"宿酒醒迟"便不同了，是指人在昨天晚上喝了酒（宿酒），因此今天醒得迟了。这样同上下文都咬合得紧。

下面，赵作"飞燕又将归信误"，晏作"远信还因归燕误"，初看意思出入不大，其实两句意思不同。赵的意思是燕子误了归期，就是说燕子还没有归来，或者还可以再添一层意思：因为燕子不归，所以连远人托它带回家中的信也耽误了。晏的意思却是，燕子归来太急，所以远人要托它捎一封家信也来不及了；或像南宋词人史达祖《双双燕》说的："应自栖香正稳，便忘了天涯芳信。"把人家托它捎的信也忘掉了。所以下文才以"小屏风上西江路"作结，意思是说，闺中人只有怅望着屏风上画的西江路，遥忆远人而已（这两句还可以与小晏的《虞美人》"去年双燕欲归时，还是碧云千里锦书迟"互参）。

我们再看第二首。

赵作"坠粉飘香，日日红成阵"，晏作"坠粉飘红，日日香成阵"。仅仅"红""香"两字互调，就可以看出谁真谁伪。因为明明是"坠粉"——白色的落花，哪里忽然又来个"红成阵"？晏词则不然，既有"坠粉"，又有"飘红"，是说红花白花都纷纷坠落，自然出现"香成阵"的现象，句中的"香"也同上文"卷絮风头"的风互相呼应。

末二句，赵作"恼乱横波秋一寸"，晏作"恼乱层波横一寸"。也许有人以为"横波"是眼的代词，好懂；"层波"却不好懂。其实用"层波"比喻眼睛，最早出于《辞·招魂》："娱光眇视，目层波些。"后来唐人也用，如刘禹锡《观柘枝舞》："曲尽回身处，层波犹注人。"便是一例。宋词里就更不少。如柳永《昼夜乐》云："层波细剪明眸。"《少年游》云："层波潋滟远山横，一笑一倾城。"《西施》云："万娇千媚，的的在层波。"李新《浣溪沙》云："素腕拨香临玉砌，层波窥客擘轻纱。"这些都是确证。晏词的"恼乱层波横一寸"，形容黄昏远望仍然不见归人信息的神态，是富于形象的。反之，"恼乱横波秋一寸"，实在不好理解。什么是"秋一寸"？整首词都不是写秋，而是写春；若说是"秋波"之省略，上面已有"横波"，何必再来重复？

　　由上述的分析，可见曾慥《乐府雅词》所收的这两首词，是几经传唱传抄弄错了不少字的一份稿子，署名作者赵令畤，其可靠程度也应大打折扣。而《小山词》所录既无误字，风格又与小晏接近，我们与其相信《乐府雅词》，毋宁相信《小山词》。物归原主，这该是合理合法的。

①《宋词三百首》及《唐宋名家词选》虽同据《乐府雅词》定为赵作，但"宿雨"均作"宿酒"，则是据《小山词》校改的。《艺蘅馆词选》则将"红杏"改为"残杏"，"沉香烟一缕"改为"水沉香一缕"，"宿雨"亦改为"宿酒"。也是知道《乐府雅词》不可靠，但他们都不曾突破作者这一关。可见因袭势力是很可怕的。

赵令畤

1051—1134年，字德麟，燕王德昭玄孙。历官营州防御使、洪州观察使，绍兴初，袭封安定郡王，同知行在大宗正事。其词凄婉柔丽，近秦观。

菩萨蛮

轻鸥欲下寒塘浴，双双飞破春烟绿。两岸野蔷薇，翠笼熏绣衣。

凭船闲弄水，中有相思意：忆得去年时，水边初别离。

　　笔者往年初学摄影，常常碰到这种难题："一带江山如画"，可惜镜头收拢不尽，去取之间，大费斟酌；反复考虑、最后下了决心，对着一个方向，"咔嚓"一声按下快门。及至冲印出来一看，大失所望。原来这当中不单有眼睛选得准不准的问题，还有眼睛所收同镜头所收不完全是一个样的问题。

　　但也会出现这样的情况：你认为并不理想的那一幅，经过内行人的一裁一剪，给它来个去粗取精，就像是拨去障目的尘埃，一幅精彩的作品脱颖而出，使你为之惊喜不已。

　　创作诗词也会出现类似情形。当你徘徊于山水之间，似乎有所触发，想写下一点什么，可是一则不知如何选景，再则，即使选了，到底有什么意义，心里也不免踌躇。在这里，学习选择与剪裁同样是重要的功夫。

　　赵令畤这首《菩萨蛮》也许会对你有所启发。

　　一派滔滔江水，两岸繁花绿树，水上往来着各色各样的船儿；岸上，许多店户人家，还有种种不同人物在活动。景物可谓繁复了。为什么这位作者对这一切都不感兴趣，单独只选择下面这两样景色呢？

　　一种是：

轻鸥欲下寒塘浴，双双飞破春烟绿。

　　另一种是：

两岸野蔷薇，翠笼熏绣衣。

一双轻鸥从春烟中穿飞过来，转眼又回身飞入迷蒙的碧空，它们好像要落到寒塘中戏水，不料陡地向上一翻，又翩然向着远处去了。

野生的蔷薇，密密盖满了一江两岸。红花衬上绿叶，便仿佛在翠色的熏笼上（一种竹织的熏烘衣服用的工具）铺着红艳的绣衣。

这是为了描写春天的景色吗？是，可也不完全是。说它是，因为它确实写出了很动人的江上景色，前者生趣盎然，后者色彩绚丽。说它又不是，因为作者原是另有目的另有作用去选择这两种景色的，并非只为着写一写眼前所见。

这里一带江景，在作者并不陌生。原来去年此际，他就在此地同一个相好的女郎在江边分手；不料此次旧地重游，那女郎已经不在了。她到底是什么原因离开此地？是逝去还是给人带走？都无法知道，也打探不出一个究竟。如今他只好独个儿默默地凭在船边，无聊地逗弄着江水，强烈地回忆着在这江上同她分手的情景。这时候，眼前什么绿树人家，什么游船旅客——尽管这些事物以强烈的色彩和闪熠的动势在他眼前招展，他都好像一无所见，只有心头那股思忆之情正在促使他进行"情感的物化"。换句话说，他要从眼前的景物中寻求一种情感的再现。这种寻求说不上是很有意识的，但他是在苦忆当时的情景。就在这时候，江上那一双欲下不下、轻盈矫捷、互相追逐着的鸥鸟，就幻出他和那女郎的身影；而两岸的野蔷薇，红花衬着碧绿的叶子，看上去又宛如那女郎的绣衣——她留给他印象最深的那件绣衣——曾放在碧色的熏笼上面的。

于是我们领悟了，原来作者开头四句写景，绝不是随便拉来凑数应付的。因为这些景物是融和着人的感情而出现的。

有人说过："一切景语，皆情语也。"从广义说，是这样；不过又未免过于浮泛。应该说，一切景语，都通过作者的选择、剪裁，使其成为我之情语。换句话说，使景物带上作者在一定条件下出现的感情色彩。正如蔷薇和绣衣本来是风马牛不相及的两回事，但是在特定的条件下，它们不但可以融合起来，而且还体现出作者此时此地的感情内容。

从一定的时间观念来说，景色是死板的，而人的思想感情却能给予这些死板的东西以新的生命。同样的景色，会有不同的思想感情内容，试一看唐代杜甫、岑参、高适、储光羲几位诗人登上慈恩寺塔时写的诗就知道了。他们各写各的，完全不相蹈袭。因为各有各的具体的思想感情。不是常常听到有人慨叹，说好景都给前人写尽了吗？看来他们还是只知其一，不知其二。

王观

字通叟，江苏如皋人，嘉祐二年（1057）进士。元丰二年（1079）为大理寺丞。

卜算子（送鲍浩然之浙东）

水是眼波横，山是眉峰聚。欲问行人去那边？眉眼盈盈处。

才始送春归，又送君归去。若到江南赶上春，千万和春住！

在文艺作品里运用一些俏皮话，不是低级庸俗的打趣，既不损害风格，又能引起欣赏者的会心微笑，这在高明的作者笔下是常有的。

词在北宋，被一些人视为"小道"，有些作者因此也视词如小品文，并不把它堂而皇之地看待，他们在这种文体中有意表现自己的脱略不羁或滑稽风趣。王观便是此中之一人。

王观是如皋人，考开封府试第一名，中嘉祐二年（1057）进士，官翰林学士，后因应制撰《清平乐》词，被指为冒犯神宗皇帝，罢职，因号王逐客。著有《冠柳词》。他的生平记载虽然简单，也能看出是个脱略不羁的人物。

他的作品，风趣而近于俚俗，时有奇想。王灼说他"新丽处与轻狂处皆足惊人"（见《碧鸡漫志》）。他曾写过一首《天香》词，下片云：

呵梅弄妆试巧，绣罗衣、瑞云芝草。伴我语时同语，笑时同笑，已被金樽劝倒。又唱个新词故相恼。尽道穷冬，元来恁好！（这么好，咁好）

写一家人在冬天围炉喝酒、互相戏谑的情景，十分生动。

又有一首《木兰花令·咏柳》。后面几句是：

东君有意偏捆就（搓挪成就，成全），惯得（放纵得）腰肢真个瘦。阿谁道你不思量，因甚眉头长恁皱？

这样写柳腰和柳眉，都是别开生面，不落俗套的。

王观这首《卜算子》，颇受选家的注意，也是俏皮话说得新鲜，毫不落俗的缘故。

这首词是为送别一个朋友写的。这个朋友叫鲍浩然，不知是什么人，他同王观的交情似乎不很深，但也并非十分疏远；这次分手，既不是被贬谪，也不是去远行，而是同亲人团聚。所以此行还是愉快的。不过，王观同他的交情一般，没有太多惜别之感，又用不上那些虚浮的客套话，送行之作怎么能够写好，却是颇费斟酌的。

于是我们看见这位聪明的作者运用风趣的笔墨，把寻常的话头来个"化腐臭为神奇"，居然能引起读者对它的喜爱。这可以算是"唯陈言之务去"的一个小小例子。

鲍浩然如今到浙东（浙江省以浙江为界，东南面地区称浙东），作者为他送行。（可能他有个爱姬在浙东，这回是去探望她）这类事情真是太寻常了，差不多每天都可以碰上。要写这种送行诗，随便凑和几句，也可以应付过去了。可是这位作者却不这么想，他有他的一套不落俗的构思：先从游子归家这件事想开去，想到朋友的妻妾一定是日夜盼着丈夫归家的，由此设想她们在想念远人时的眉眼，再联系着"眉如远山"（《西京杂记》："司马相如妻文君，眉色如望远山。时人效画远山眉。"）"眼如秋水"（李贺《唐儿歌》："一双瞳人剪秋水。"）这些习用的常语，又把它们同游子归家所历经的山山水水来个拟人化，于是便得出了这样两句：

水是眼波横，山是眉峰聚。

它是说，当这位朋友归去的时候，路上的一山一水，对他都显出了特别的感情。那些清澈明亮的江水，仿佛变成了他所想念的人的流动的眼波；而一路上团簇纠结的山峦，也似乎是她们蹙损的眉峰了。山水都变成了有感情之物，正因为鲍浩然在归途中怀着深厚的怀人感情呵。

从这一构思向前展开，于是就点出行人此行的目的：他要到哪儿去呢？是"眉眼盈盈处"。

"眉眼盈盈"四字有两层意思。一层意思是：江南的山水，清丽明秀，有如女子的秀眉和媚眼。又一层意思是：有着盈盈的眉眼的那个人（古诗："盈盈楼上女"。盈盈，美好貌）。因此"眉眼盈盈处"，既写了江南山水，也同时写了他要见到的人物。语带双关，扣得又是天衣无缝，实在是高明的手法。

上片既着重写了人，下片便转而着重写季节。而这季节又是同归家者的心情配合得恰好的。

那还是暮春天气，春才归去，鲍浩然却又要归去了。作者用了两个"送"字和两个"归"字，把季节同人轻轻搭上，一是"送春归"，一是"送君归"；言下之意，鲍浩然此行是愉快的，因为不是"燕归人未归"，而是春归人也归。

然后又想到鲍浩然归去的浙东地区，一定是春光明媚，配合着明秀的山容水色，越显得阳春不老。因而便写出了：

若到江南赶上春，千万和春住！

也许是从唐诗人韦庄的《古别离》"更把玉鞭云外指，断肠春色在江南"得到启发吧，春色既然还在江南，所以是能够赶上的。赶上了春，那就不要辜负这大好春光，一定要同它住在一起了。但这只是表面一层意思，它还有另外一层。

这个"春"，不仅是季节方面的，而且又是人事方面的。所谓人事方面的"春"，便是与家人团聚，是家庭生活中的"春"。

这样的语带双关，当然也聪明，也俏皮。

通看整首词，轻松活泼，比喻巧妙，耐人体味；几句俏皮话，新而不俗，雅而不谑。比起那些敷衍应酬之作，显然是有死活之别的。

仲殊

俗姓张，名挥，安州（今属河北）人，曾举进士，后弃家为僧，居杭州吴山宝月寺，崇宁中自缢卒。有《宝月词》。

南柯子

十里青山远，潮平路带沙。数声啼鸟怨年华。又是凄凉时候、在天涯。

白露收残月，清风散晓霞。绿杨堤畔问荷花：记得年时^[1]沽酒、那人家^[2]？

[1]年时——当年，那时。

[2]那人家——那个人。家，语尾助词，无义。

《红楼梦》第二十二回，写薛宝钗把《鲁智深大闹五台山》戏文中的一支曲子《寄生草》念给贾宝玉听。宝玉听了，拍膝摇头，称赞不已。那曲子是这样的：

漫揾英雄泪，相离处士家。谢慈悲剃度在莲台下。没缘法转眼分离乍。赤条条来去无牵挂。那里讨烟蓑雨笠卷单行，一任俺芒鞋破钵随缘化。

也许是为了暗示贾宝玉原就有"解脱世尘"的佛家思想，也许曹雪芹本人欢喜佛法，或者对这支曲子本来很感兴趣，正好借宝钗之口表露出来。这些都很难确定，且不管它。

这支曲子写得好不好？单就文字而论，它写得还是好的。假如它不是由鲁智深唱的话。

因为这曲子并不符合那粗豪鲁莽、三拳打死镇关西、两回大闹相国寺的鲁智深的性格。一个"却不识字"的鲁提辖，怎么会一下子那么文绉绉，什么"谢慈悲剃度"，什么"没缘法分离"，什么"烟蓑南笠""芒鞋破钵"，一大套知识分子腔口。这能令人想到是一位莽和尚说的话吗？

比较起来，《西厢记》写惠明和尚还不脱英雄和尚的本色。

人的性格有多种，和尚的性格也有多种，不能都用一个马辔头。《红楼梦》和《西厢记》都是以读书人的笔杆子来写和尚，是代人立言；我们不妨再看看和尚怎样写自己。

野僧自是闲，不复知闲味。譬如庵中人，不见庵外事。

——宋惠洪《次韵赠庵僧》

惠洪是个有文化的和尚，又是个闲不住的和尚。他写诗，甚至还写诗话，可见不甘寂寞。此诗"不复知闲味"五字，确是闲得发慌的和尚所特有的感受，不是碌碌尘世的俗人能够随便想得出的。

再看下面这个：

春雨楼头尺八箫，何时归看浙江潮？芒鞋破钵无人识，踏过樱花第几桥？

碧玉莫愁身世贱，同乡仙子独销魂。袈裟点点疑樱瓣，半是脂痕半泪痕。

——苏曼殊《本事诗》

是破钵，是袈裟，却又是樱花、樱瓣，又是脂痕、泪痕，岂不十分矛盾和十分可笑？但这只有出自从革命走向颓废的知识分子和尚之口，才算恰如其分。

可见所谓"写出本色"，就是要写出其人的性格、气质或身份。即文艺学上的"这一个"。

如今言归正传。

仲殊和尚，俗姓张，名挥，曾中进士，早年因放荡不羁，妻子对他极为不满，在食物里下了毒，得救不死，自此出家为僧。所食都拌蜜糖，所以又称"蜜殊"。与苏东坡为友。善诗词，词集七卷今失传，后人仅辑得三十首。

读了这首《南柯子》，真能看出一个早年放荡不羁而后半路出家的和尚的自我写照。

那是个夏日早晨，和尚独个儿在江岸走着，潮水涨平了沙路。远处一带青山，偶尔可以听见几声啼鸟。残月西堕，白露湿衣，拂晓的凉风把朝霞慢慢吹开了。这本来是很好的天气，对于旅行者来说，应该是愉快的；但他本是个感触特多、凡心未尽的和尚，于是就在走着听着的时候，觉得啼鸟好像在怨年光的易逝，他自己也不期而然地涌起又是"凄凉时候"，又是"远在天涯"的感叹了。

仲殊和尚爱吃蜜，不吃肉。据说医生说过，吃肉可以使毒性再发作。但他还是要喝酒，显然不肯守那佛门清规。

现在，他来到荷花塘近旁。这里一堤杨柳，浓阴繁密，微风过处，荷香飘拂。那些荷花真是开得又大又好看。于是，他在塘边柳下停了脚步……他想起来了，原来有一年也是这个时候，他来过这地方，在附近的酒家买酒喝了一回，乘着酒意，还来看这些荷花哩！

他禁不住又是感叹又是高兴，于是向着塘里的荷花问道："荷花啊！你可记得从前那个买酒喝的汉子么？"

这真是风情摇曳的一问。仅仅凭这一问，仲殊和尚的性格以至于气质，都充分流露出来了。

佛教徒认为莲花是圣洁的。《释迦氏谱》引《普曜经》说，释迦如来诞生时，在无忧树下生七茎七宝莲花，大如车轮。菩萨堕莲花上，不须扶持，自行七步。所以释迦如来的雕像都是坐在莲花上的。如今仲殊和尚看到莲花，想起的却是它那"世俗"的美艳，还同自己醉中赏花的往事联系起来。这就全不是一心皈依的和尚了。

同样是写和尚，有种种不同的写法；同样是和尚写的作品，也有种种不同的性格表现。这才使人感到它的真实。

再请看仲殊另外一首调寄《柳梢青》词，下片是这样写的：

行人一棹天涯，酒醒处、残阳乱鸦。门外秋千，墙头红粉，深院谁家①？

黄昏薄暮，看见人家门外耸立着秋千，墙头出现一个打秋千的少女，于是就猜测住在深院里的是些什么人。嘻！这哪里还像个出家的和尚呢！

①谁家——哪个人，什么人。

周邦彦

1056—1121年，字美成，钱塘（今浙江杭州）人，元丰中献《汴都赋》，召为太学正，徽宗时仕至徽猷阁待制，提举大晟府。卒于明州。自号清真居士，有《清真集》《片玉集》。

过秦楼

水浴清蟾[1]，叶喧凉吹[2]，巷陌马声初断。闲依露井，笑扑流萤，惹破画罗轻扇。人静夜久凭栏，愁不归眠，立残更箭[3]。叹年华一瞬，人今千里，梦沉书远。

空见说，鬓怯琼梳，容消金镜，渐懒趁时匀染[4]。梅风[5]地溽[6]，虹雨[7]苔滋，一架舞红[8]都变。谁信无聊，为伊才减江淹，情伤荀倩[9]。但明河[10]影下，还看稀星数点。

[1]清蟾——月亮。

[2]凉吹——凉风。

[3]更（gēng）箭——古代用铜壶滴漏报时，壶中有箭用以表示时间，称漏箭或更箭。

[4]匀染——梳妆打扮。

[5]梅风——初夏黄梅时节的风。

[6]溽——湿。

[7]虹雨——指雨后见虹的夏雨。

[8]舞红——风中摇荡的红花。

[9]这是两个典故，《南史·江淹传》："江淹少时宿于江亭，梦人授五色笔，因而有文章。后梦郭璞取其笔，自此为诗无美句，人称才尽。""荀粲字奉倩，娶妻曹氏有艳色。妻亡，叹曰：佳人难再得。人吊之，不哭而神伤。未几，奉倩亦亡。"见《世说·惑溺》注引《荀粲别传》。

[10]明河——银河。

在两宋词人中，周邦彦一向受到很高的评价。南宋时他已经得到不少好评，有些填词的人，甚至严守他的作品中的四声。到了清代，经过词评家和词选家的竭力表彰，结果是变本加厉，把他捧成"词中老杜"，或"词家正宗""词人巨擘"，甚至说，"后有作者，莫能出其范围矣"。简直伟大得无可再伟大了。

究竟周邦彦的作品是不是如此出神入化，无可比拟呢？

竭力表彰周词的人，大抵都有一种片面性，站在纯技巧方面来谈，完全抛弃了思想内容。就像看到一个很能修饰打扮的女子，仅仅从她的外表尽情夸赞，而且明知她在品德方面并不那么完美，也装作没有看见。

较中肯的倒是晚清刘熙载的看法："周美成词，或称其无美不备。余谓论词莫先于品；美成词信富艳精工，只是当不得个'贞'字。""周美成律最精审，史邦卿句最警炼；然未得为君子之词者，周旨荡而史意贪也。"（"旨荡"，含意放荡。）

在周邦彦的作品中，除了有一部分比之"有分看伊，无分共伊宿"之类还更进一步，也就是更精细地描写色情，因而更显得他的"旨荡"之外，另有一部分则是用工细的笔墨来描述封建士大夫的无聊生活。这两部分占了他整个作品中相当大的比重。又由于他不像晏幾道那样具有纯真的品性，在抒写男女之情的时候，尽管技巧上费了工夫，仍然无法掩饰内容的空虚和浅薄。这些都是周邦彦作品的致命缺点。

自然，这样说并不等于不要艺术性。应该承认，周邦彦的技巧是十分高明的。他不仅精通音律，对曲调有所创新，扩展了音乐的领域，提高了乐坛的水平，而且在填词的技法上也有不少新的创造。他对词坛中的格律派产生重大的影响，因为在选词下字、布局谋篇方面，他都有比前人更加精到的地方；在描摹物象方面，更是精工细腻，曲折周到，为许多名手所不及。

周邦彦的技巧是可以学习的，在指出他的作品内容的不良倾向以后，也应该指出他在艺术技巧上的长处，从而吸取其优点，为我所用。

我们就先看看他这首《过秦楼》。

这首词内容很简单，不过是追忆已经离去的恋人而已。但写得很有特色。它使用了类似现代电影的画面突转的手法，使时间、地点、人物、感情一齐起了变化，如此进行了数次变换，构成整个事件的因果关系，显示人物感情的发展过程。这是不是前人所说的"空际转身"？我说不准，因为"空际转身"指的是什么，实在不明确。值得指出的，是这种手法在词坛中由周邦彦首先创造，并且运用得十分灵活，开创了以后写长调的一个绝妙的法门。

整首词可以分为四大段，每段又分两小节。四大段是四次画面的大变换，两小节是前后镜头的小转移。

下面是具体的剖析：

"水浴清蟾，叶喧凉吹，巷陌马声初断"——这是一之一。画面是夏天的夜晚，月亮像从水里洗浴过，那么晶明莹彻，纤尘不染。凉风吹在树叶上发出沙拉的响声。夜的街巷非常寂静,人马走动声都完全停下来了。我们看到这画面似是用广角镜头拍下来的,一个广阔的然而幽静的境界首先呈现在读者(观众)眼前。

"闲依露井,笑扑流萤,惹破画罗轻扇"——一之二。镜头缓缓近移,于是出现了画面中心的人物。井栏边斜靠着一位男性青年,他此时的目光和笑靥都正落在院子中的一位少女身上。那美丽的女郎正在拿一柄纨扇去追扑在月光底下翔舞的萤火虫,扑得正起劲呢,不想一个不小心,扇子扑在蔷薇的枝桠儿上,嗤的一声,扯破了一大片。两人都一愣,跟着又一齐大笑起来[①]。

这是一远一近组成的画面,镜头是由远渐推向近。

"人静夜久凭栏,愁不归眠,立残更箭"——这是二之一。画面突然变换,不是在院子里,而是在小楼一角;不是两个人,而是男的一人;也不是笑容可掬,而是愁容满面。

虽然同样是夏夜,景色、人物、感情都起了极大的变化。这个小楼倚立的人,神色惨淡,长久望向远方,长久没有动弹,只听得远处的更鼓低沉地响着,响了一遍又一遍,夜气很深了。

"叹年华一瞬,人今千里,梦沉书远"——二之二。镜头推成一个人物面部的特写。他,原来就是"闲依露井"那个青年人,风采如旧,却显出沉思怅惘的神气。过了一会,他轻轻叹息,自言自语:"想不到又是一年了,近来连梦里也没有见到她……怎么总没有一个音讯……哎!其实路也真远……"

"空见说，鬓怯琼梳，容消金镜，渐懒趁时匀染"——这是三之一。又是一个画面大变换，是从那青年人的苦思苦忆中化出来的另一个画面：开头出场的那位扑流萤的女郎，出现在她的闺房里。她神情憔悴，面容清瘦。好像刚起来不久，头发有点散乱，钗镮都没有整好，而且显然不施脂粉，只是呆呆坐着，心事重重，正在想些什么。

"梅风地溽，虹雨苔滋，一架舞红都变"——三之二。镜头逐步摇向窗外，人们可以看到那熟悉的井栏，那依旧的庭院，还有那一架划破扇子的蔷薇。还是初夏景色，不过不是晚上而是白天了。地上还可以看到刚下过雨的痕迹，湿润的土地，绿苔到处长了起来，把环境染成一片衰败荒凉。那满架蔷薇，给风一吹，花瓣纷纷掉在地上，剩下枝头的残英，零落得不成样子。很显然，女主人不知多久没有光临这个院子了。以上，还是幻出来的画面。

"谁信无聊，为伊才减江淹，情伤荀倩"——这是四之一。镜头又转，回到倚栏的青年人身上。这是第二段的回复。"才减江淹"，是在暗示这位青年想写一首诗抒述此际情怀，却又心绪撩乱，老是写不成功。"情伤荀倩"，自然是指他这时心情是非常恶劣的。

"但明河影下，还看稀星数点"——四之二。在更漏沉沉中，他眼前幻化出笑扑流萤那一幕；还是女郎的动作和那笑貌，还是他那含笑倚着井栏的风度和情态。渐渐人物隐去，只看见几点流萤在空中闪闪烁烁地飞舞。不料转眼之间，飞舞的流萤竟然凝结起来，再也不动了。原来那是明亮的银河附近闪烁着的几颗疏星。

　　那也许就是织女星座吧，她隔着银河同牵牛遥遥相对[2]，然而也只是遥遥相对，谁都没有办法跨过那明亮而又冷酷无情的银河……

　　应该说，周氏这种手法是很新颖的。它只通过画面变换，许多可有可无的话就都省略掉了，然而情节却是分明清楚的，叙述也是秩然不乱的。一个寻常怀人的主题由于作了这样的处理而显得人物形象生动鲜明，景色富于变化，取得了很好的艺术效果。它之所以受到后人的高度赞美，当然不是没有缘由的。

①张相《诗词曲语辞汇释》引周氏此词，释"惹破"为"惹着"，未确。
②每年初夏半夜时，织女、牵牛两星座已在东天出现。

应天长

条风[1]布暖，霏雾弄晴，池塘遍满春色。正是夜台无月，沉沉暗寒食。梁间燕，前社客[2]，似笑我、闭门愁寂。乱花过，隔院芸香，满地狼藉。

长记那回时，邂逅[3]相逢，郊外驻油壁[4]。又见汉宫传烛，飞烟五侯[5]宅。青青草，迷路陌。强载酒、细寻前迹。市桥远、柳下人家，犹自相识。

[1]条风——立春以后吹的风。《易纬》："立春条风至。"

[2]社——指旧时祭社神的日子。通常立春后第五个戊日叫春社，立秋后第五个戊日叫秋社。燕子在春社前从南飞来，所以叫前社客。

[3]邂逅——偶然相遇。

[4]油壁——油壁车。一种车厢油漆花纹的车子，供妇女乘坐。

[5]五侯——西汉时，王谭、王商、王立、王根、王逢时五个皇亲国戚同日封侯，世称五侯。

这首词，前人的解释都含糊笼统，不甚了了。

明人李攀龙说：

上半叙景色寥寂，下半与人世睽绝。

又说：

不用介子推典实，但意俱是不求官，不徼功，似有埋光铲彩之卓识。

——《草堂诗馀隽》

近人陈洵说：

"布暖""弄晴"，已将后阕游兴之神摄起。"夜堂无月"，从闭门中见。"梁燕笑人"，"乱花过院"，一有情，一无情，全为"愁寂"二字出力。后阕全是闭门中设想。"强载酒、细寻前迹"，言意欲如此也。"人家相识"，反应"邂逅相逢"。

——《海绡说词》

李攀龙固然没有读懂这首词；陈洵说"夜堂无月，从闭门中见"；下阕"全是闭门中设想"，也是误解。

其原因是这首词有个关键的字传抄错了，以讹传讹；那些评论的人也没有弄清楚，以致整首词的意思都搞乱了。

这个字就是"夜台无月"的"台"字。现存周词的版本，统统错成"夜堂无月"，只有清康熙的钦定《词谱》引此词时还保留原状，刊作"夜台无月"。"台"和"堂"乍看相差不远，实则相差甚远。因为"夜堂"指的是夜间的厅堂，而"夜台"却是指死者的埋骨之地，也就是墓穴。词中的"正是夜台无月，沉沉暗寒食。"乃是从李白《哭宣城善酿纪叟》诗"夜台无晓日，沽酒与何人"变化而来①。"夜堂"是活人的，"夜台"是死人的。不弄清楚这个字眼儿，这首词就无法正确理解了。

怎么知道钦定《词谱》不是弄错呢？可不可以"少数服从多数"呢？

钦定《词谱》所引用的宋词，错误较少，可以纠正许多其他版本的错字。这是读过清人万树的《词律》及恩锡、杜文澜的校勘的人都知道的。但更重要的是，从这首词的内容来看，作"夜台"则用意明显，作"夜堂"则简直无从索解。

不妨逐句加以分析。

这首词是周邦彦在某一年的寒食节日写的。从上年冬至节开始算一百零五天就是本年的寒食节。寒食节是游春的好日子，但在古代，这天也是人们上坟拜扫的日子，元人刘因有《寒食道中》诗："簪花楚楚归宁女，荷锸纷纷上冢人。"正是旧时的社会风习的写照。

"条风布暖，霏雾弄晴，池塘遍满春色"——一幅节日的光景："条风"即春风；"霏雾"指晨雾。春风给人以越来越暖的感觉，早雾又预示这天是个好晴天，放眼看去，池塘泛绿，春意盎然，本来是郊游的好日子啊！

"正是夜台无月，沉沉暗寒食"——可是，他却想起逝去的那位女郎。她正沉睡在墓穴之中，那地方一片昏暗，既没有太阳，也没有月亮。她过的只是昏沉黑暗的寒食节罢了。

这是一种陡然转折的手法，但在周词中却是常见的。

"梁间燕，前社客，似笑我、闭门愁寂"——一想起已逝的女郎，自己就禁不住心里悲哀，尽管是郊游的好天气，人人都兴高采烈到外面趁热闹，自己却不想出门。不料梁上的燕子——这些给人称为"前社客"的小家伙，像在冷冷地讥笑："这个傻小子呀！人家都成群结伙到外面玩儿去了，你发什么呆呀！"

"乱花过，隔院芸香，满地狼藉"——隔院飘过来一阵阵芳香，原来春风把花儿从枝头吹了下来，弄得满地都是散乱的花瓣。他怔怔地瞧着，残花仿佛是女郎的不幸身世……

白居易有《夜惜禁中桃花诗》："坐惜残芳君不见，风吹狼藉月明中。"是说宫禁中的桃花零落了。曹唐又有《长安春舍叙邵陵旧宴》诗："狼藉梨花满城月，当时常醉信陵门。"是说梨花零落了。但是周邦彦为什么说到"芸香"呢？原来他在哲宗时官秘书省正字，徽宗时又曾官秘书监。秘书和"芸香"是有关系的。唐诗人杨炯《登秘书省阁诗序》说："命兰芷之君子，坐芸香之秘阁。"赵嘏《酬元秘书》诗："官总芸香阁署崇，可怜诗句落春风。"可见"芸香"同秘书关系是密切的，已经成为典故。周邦彦在词里用"隔院芸香"，很可能那时正在任职秘书省，用"芸香"便可以带出他那时的官职和所在的环境。

上片写的就是他"闭门愁寂"的事。

折到下片，画面又来一个大转换。

"长记那回时，邂逅相逢，郊外驻油壁"——从这儿开始，他已经走出大门，来到郊外了。

他来到郊外，便记起那回两人无意中相逢的旧事：她刚从一辆漆得很华丽的车子上走下来，恰好和他打个照面，这叫"不期而遇"。然后就互通情愫。那一天也恰好是寒食佳节。

以后呢？当然是一段不寻常的生活经历了。到底情形是怎样的，作者没有交代，我们自然也不清楚；可以肯定，经过了若干日月，她不幸夭逝了，这使他十分伤感，所以在寒食节追忆起来，连门都不想出了。

但是，人的思想往往是矛盾的，不想出去，又偏偏想出去。他的脑子进行了反复的思想斗争。最后，决定到外面去走一回。而到了外面，却又想重新找回那次初度相逢的地方。

"又见汉宫传烛，飞烟五侯宅"——想起唐代诗人韩翃那首诗："春城无处不飞花，寒食东风御柳斜。日暮汉宫传蜡烛，轻烟散入五侯家。"京城的习俗还是那样，自己却只能引起"物是人非"的叹息，那段往事早已一去不返了。上面"长记"，这里是"又见"，可见他是一面走着，一面苦苦追忆。

"青青草，迷路陌。强载酒、细寻前迹"——"强"，是明知不可为而为之。自己心里明明知道，人早已死了，但由于系心的忆念，仍然打算重寻旧地，奠一杯酒凭吊一番。可是，到郊外一看，满眼芳草萋萋，正是风景不殊，举目却有人事之异。他在路上绕来寻去，却再也找不回那年同她初见的那个地点了。

"市桥远、柳下人家，犹自相识"——虽然毕竟是找不到，不知不觉却走到市桥上来。在一棵大柳树下，住着一户人家。他正走近这棵树，忽听得有人向他打招呼，抬头一看，呵！原来是从前认识的……

这一结尾是什么意思呢？

是作者向我们暗示：这户人家曾经同他和那位女郎之间有过一定的关系或来往。自从女郎夭逝以后，这种关系便中断了；如今由于"细寻前迹"，才又重新碰上。而重新见面后，更增添了他怀人的伤感。

这一结尾表面平淡，骨子里是沉重的。

这就是寒食节日的曲折。可见弄清楚了那个关键的字眼，这首词原是不难懂的。

这首词不能算是写得特别高明；它的技巧，在周词中也是属于常见的。尽管如此，还可以看出它那变换转折过渡的安排，举重若轻，颇见本领，仍然有值得后人学习的地方。

①李白这首诗上句，一作"夜台无李白"，这比较合理，但另有版本作"夜台无晓日"，当是周词所本。

花犯

　　粉墙低，梅花照眼，依然旧风味。露痕轻缀。疑净洗铅华，无限佳丽。去年胜赏曾孤倚，冰盘同燕喜。更可惜、雪中高树，香篝薰素被。

　　今年对花最匆匆，相逢似有恨，依依愁悴。吟望久，青苔上、旋看飞坠。相将[1]见、翠丸荐酒，人正在、空江烟浪里。但梦想、一枝潇洒[2]，黄昏斜照水。

[1]相将——行将，即将。
[2]潇洒——凄凉，凄清。

这首《花犯》也是谈周邦彦的技巧时不可少的例子。

初看这首词，只觉它跳动得厉害。不容易把捉住它的脉络。但仔细寻味以后，就会看出作者是分成过去、现在、未来三个阶段去写梅花的，三个阶段各有不同的情怀，委婉曲折；而且写梅花又是为自己写照。笔墨的照应、映带、收放、开合，都十分讲究。从技法来说，确是大可玩味的。

写这首词之前，作者正在地方上做官；写词的时候，他已经准备离任他往了。客中孤寂，梅花曾经是他的唯一知己，如今却又要舍它而去，心情实在难过。由此又想到自己近年来行踪不定，宦情冷落，颇有身世之感，于是借梅花抒发情怀。词的题旨就是这样。

我们看作者是怎样用笔的。

一开头，写自己在官舍里。官舍外面有一堵低矮的白粉墙，墙头伸出一棵大梅树。

现在花又映入自己眼中。这梅树他看过已经不止一回，如今枝桠上又缀满了珠子似的花朵，丰神韵味还是像往常一样。

这里，作者先透出一个"旧"字，便埋伏了下面许多文章。

跟着，就具体描写梅花。这些花轻轻沾着露水，就像洗净了脂粉的美人儿，有一种说不出的娇艳。句中下一"疑"字，是仿佛很像的意思。"铅华"，即铅粉，旧时妇女常用来搽脸。这三句显示了作者正在细心地欣赏着梅花。

"去年胜赏曾孤倚，冰盘同燕喜"——这两句点出了去年曾欣赏过梅花。那是在春初，正逢一个节日。自己客中寂寞，没有伴侣，就独自一人，持酒赏花。"冰盘"是白瓷盘，韩愈《李花》诗"冰盘夏荐碧实脆，斥去不御惭其花"便是指冰样洁净的瓷盘。"燕喜"是过节的时候饮宴。句中下一"同"字，那意思说，同自己过节喝酒的没有别人，就只有梅花了。

跟着就对去年的梅花细写一笔：

"更可惜、雪中高树，香篝薰素被"——"可惜"这里是可爱的意思。"香篝"指里面放香用来熏烘衣服的熏笼。那时刚下过一场雪，雪还压在密密的枝桠上，衬着满树灿烂的白梅花，看上去就如同熏笼上面盖了一张白色的被子，好看极了！

这个比喻并不太新鲜。我们知道，同周邦彦同时的赵令畤，在他的《菩萨蛮》中，就有"两岸野蔷薇，翠笼薰绣衣"的描写，恰好也用熏笼和衣服比喻枝上的繁花。

上片，先从眼前所见的梅花写起，然后回忆去年观赏梅花。这样，他就先写了一笔前后两年的情景。

转入下片，再又回到今年的情事上来：

"今年对花最匆匆，相逢似有恨，依依愁悴"——他从回忆中又回到眼前来。先用"匆匆"暗冒一笔，见得自己快要离开此地了；然后转笔写梅花有情，它似乎知道要同老朋友分手，所以也像是怀着满腔心事，既恋恋地依倚着故人，又显出愁闷憔悴的神气。这当然是以人的感情注入花中。因为上片还在说梅花"无限佳丽"，如今却忽说梅花

"依依愁悴",似有矛盾,实则因作者此时情怀惆怅而已。

下面索性转笔写自己对花的惜别之情。

自己看到梅花这种情态,心里就更不好开解。于是长久地凝望着它,也想吟咏几句诗去安慰它。正在呆着的时候,却看见枝梢摇曳,一阵风吹过,花瓣纷纷掉到青苔上。这是为什么?是梅花悲哀到不能自制吗?是梅花怨恨自己吗?……

这是同梅花最后一次见面的镜头。作者的无可奈何之情,都含蓄在此时的无言之中。

"相将见、翠丸荐酒,人正在、空江烟浪里"——"相将"是行将、快要的意思。他的思路又向着未来伸展开去;我快要离开这地方了,梅花会怎么样呢?梅花一定落尽了。花落以后,就结出梅子,那个时候,我早已坐着船儿,浮泛在空江烟浪之中了。我也许在船上会看到梅子,它还伴随我喝酒呢("翠丸荐酒",是拿梅子作为下酒的东西)。

结拍于是又追想梅花的形影,那心境更是苍凉了。因为要再看见那粉墙外的梅花,除了梦中,已不可能了。远离旧地,只有在梦里见得:一枝横斜的梅花,凄凉冷落,在淡淡的夕照中,对着自己水里的影子。

整首词句句紧扣梅花,也句句紧扣作者自己。你看他先从眼前写起,然后追到去年,又从去年绕回到眼前,再从眼前推开去,写想象中的未来的情景。前后呼应,上下串插,结构何其严密,笔墨又何其灵动!

作者分明意在写出自己年来落寞的情怀，却借了梅花作为衬垫，委婉表达。人与梅花仿佛溶化成为一片。应该注意的是，其中的"依然旧风味""无限佳丽""旋看飞坠"和"一枝潇洒"，都是既写了梅花，也暗暗透出作者自己的景况的。

少年游

　　并刀如水，吴盐胜雪，纤手破新橙。锦幄初温，兽烟不断，相对坐调笙。

　　低声问：向谁行宿？城上已三更。马滑霜浓，不如休去，直是少人行！

这首词，不外是追述作者自己在秦楼楚馆中的一段经历①，在当时士大夫的生活中，自然是寻常惯见的，所以它也是一种时兴的题材。然而这一类作品大都鄙俚恶俗，意识低下，使人望而生厌。周邦彦这一首之所以受到选家的注意，却是因为他能够曲折深微地写出对象的细微心理状态，连这种女子特有的口吻也刻画得惟妙惟肖，大有呼之欲出之概。谁说中国古典诗词不善摹写人物，请看这首词，不过用了五十一字，便写出一个典型人物的典型性格。

"并刀如水，吴盐胜雪，纤手破新橙"——这是富于暗示力的特写镜头。出现在观众眼前的，仅仅是两件简单的道具（并刀，并州出产的刀子；吴盐，吴地出产的盐）和女子一双纤手的微细动作，可那女子刻意讨好对方的隐微心理，已经为观众所觉察了。

"锦幄初温，兽烟不断，相对坐调笙"——室内是暖烘烘的帏幕，刻着兽头的香炉轻轻升起沉水的香烟。只有两个人相对坐着，女的正调弄着手里的笙，试试它的音响；男的显然也是精通音乐的，他从女的手中接过笙来，也试吹了几声，评论它的音色和音量，再请女的吹奏一支曲子。

这里也仅仅用了三句话，而室内的气氛，两个人的情态，彼此的关系，男和女的身份，已经让人们看得清清楚楚了。

但最精彩的笔墨还在下片。

下片不过用了几句极简短的语言，却是有层次，有曲折，人物心情的宛曲，心理活动的幽微，在简洁的笔墨中恰到好处地揭示出来。

请看：

"向谁行宿"——"谁行"，哪个人。在这里可以解作哪个地方[②]。这句是表面亲切而实在是小心的打探。乍一听好像并不打算把他留下来似的。

"城上已三更"——这是提醒对方：时间已经不早，走该早走，不走就该决定留下来了。

"马滑霜浓"——显然想对方留下来，却好像一心一意替对方设想：走是有些不放心，外面天气冷，也许万一会着凉；霜又很浓，马儿会打滑……我真放心不下。

这样一转一折之后，才直截了当说出早就要说的话来："不如休去，直是少人行！"你看，街上连人影也没几个，回家去多危险，你就不要走了吧！

真是一语一试探，一句一转折。我们分明听见她在语气上的一松一紧，一擒一纵；也仿佛看见她每说一句话同时都侦伺着对方的神情和反应。作者把这种身份、这种环境中的女子所显现的机灵、狡猾，以及合乎她身份、性格的思想活动，都逼真地摹画出来了。

这种写生的技巧，用在散文方面已经不易着笔，用在诗词方面就更不容易了。单从技巧去看，不能不叫人承认周邦彦实在是此中高手。

①张端义《贵耳录》载："道君（按，即宋徽宗）幸李师师家，偶周邦彦先在焉。知道君至，遂匿于床下。道君自携新橙一颗，云：'江南初进来。'遂与师师谑语，邦彦悉闻之，隐括成《少年游》云……"这种耳食的记载简直荒谬可笑，皇帝与官僚同狎一妓，事或有之，走开便是，何至于匿伏床下，而事后又填词暴露，还让李师师当面唱给皇帝听。皇帝自携新橙，已是奇闻，携来仅仅一颗，又何其乞儿相！

②行（háng），阳韵。词中多从属于人，用作"那边"解。"谁行"就是"谁那边"。作者另有《风流子》句云："最苦梦魂，令宵不到伊行"，是指她那边。姜白石《踏莎行》"离魂暗逐郎行远"的"郎行"是指郎那边。

六丑（蔷薇谢后作）

　　正单衣试酒，怅客里光阴虚掷。愿春暂留，春归如过翼[1]，一去无迹。为问花何在？夜来风雨，葬楚宫倾国。钗钿堕处遗香泽。乱点桃蹊[2]，轻翻柳陌。多情更谁追惜？但蜂媒蝶使，时叩窗槅。

　　东园岑寂，渐蒙笼[3]暗碧。静绕珍丛[4]底，成叹息。长条故惹行客，似牵衣待话，别情无极。残英小、强簪巾帻[5]。终不似、一朵钗头颤袅，向人欹侧。漂流处、莫趁潮汐。恐断红[6]尚有相思字，何由见得？

[1]过翼——飞过的鸟儿。

[2]桃蹊（xī）——桃花树下的小路。

[3]蒙笼——草树茂密的样子。

[4]珍丛——珍贵的树丛。此指蔷薇。

[5]巾帻——头巾、帽子。

[6]断红——指落花。

《六丑》是周邦彦自己创造的一个新调，也是宋词发展到灿烂时期的一个珍贵的产儿。

南宋词人周密在所著《浩然斋雅谈》中曾记载了这样一件事，他说：北宋末年，汴京（今河南开封市）有个著名的妓女李师师，有一回在徽宗皇帝跟前唱了一支曲子，那曲子很动听，可是连精于音乐的这位皇帝也不知道是一支什么曲子。他就问她：是谁人写的？李师师回说：这叫《六丑》，撰曲人是周邦彦。后来，徽宗皇帝召见周邦彦时，特意问起此事，还问他曲子的名字为什么叫《六丑》。周回答说：因为它犯了六个宫调（取各宫调的声律合成一曲，使宫商相犯以增加乐曲的变化），那都是最好听的章段，因此取名《六丑》；可是要唱得好听却不容易。

把六段好听的章段连接起来，却名之曰《六丑》，大抵也像把可爱说成"可憎"，把亲爱的伴侣唤作"冤家"那样，是"物极必反"吧。

不管怎样，这首词是写得成功的，而且很可以看出周邦彦那种展挪、铺叙的本领。整首词只写了园子里蔷薇花的凋谢，事情本来十分简单，但他却能写成一百四十字的长调，曲折委婉，圆转妥帖。没有深入生活、观察细微的功夫，是不可能做到的。

由此，我不禁想起金圣叹批点《第六才子西厢记》里的一段话：

吾少即为文，横涂直描，吾何知哉！吾中年而始见一智人，曾教我以二字法，曰"那辗"。至矣哉！彼固不言文，而我心独知其为作文之高手。何以言之？凡作文必有题，题也者，文之所由以出也。乃吾亦尝取题而熟睹之矣，见其中间全无有文。夫题之中间全无有文，而彼天下能文之人都从何处得文者耶？吾由今以思，而后深信"那辗"之为功，是唯不小。何则？夫题，有以一字为之，有以三、五、六、七乃至数十百字为之；今都不论其字少之与字多，而总之，题则有其前，则有其后，则有其中间；抑不宁唯是已也，且有其前之前，且有其后之后，且有其前之后，而尚非中间，而犹为中间之前；且有其后之前，而既非中间，而已为中间之后。此其不可以不察也。诚察题之有前，又察其有前前，而于是焉先写其前前，夫然后写其前，夫然后写其几几欲至中间而犹为中间之前；夫然后始写其中间，至于其后，亦复如是。而后信题固蹙，而吾文乃甚舒长也；题固急，而吾文乃甚纡迟也，题固直，而吾文乃甚委折也；题固竭，而吾文乃甚悠扬也。如不知题之有前有后有诸迤逦，而一发遂取其中间，此譬之以椎击石，确然一声，则遽已耳，更不能多有其余响也。盖"那辗"与不"那辗"，其不同有如此者。

——见《第六才子书·前候》

金圣叹其人应作如何评价，是另一回事；写文章也不仅仅是技巧问题，这些都可以另作议论。假如从艺术探讨出发，研究文章的做法，那么，他这番话却是有道理的。"那辗"决不是故意拖拉，更不是无中生有，而是像画家在纸上反复点染勾勒，乃是使主题深化、形象饱满的艺术技巧之一。从事文艺工作的人，对于这种技巧，是应该懂得的。

在两宋词人中，柳永和周邦彦都是善于运用"那辗"的。如今我们且来看看周邦彦的"那辗"。

一开头，他就从题目之前下笔。"单衣试酒"，本来与蔷薇毫不相关。"单衣"无非点明季节已到了初夏；"试酒"则说明可以偷得空闲。就在喝着新酿好的酒之时，忽然想到"客里光阴虚掷"，那为什么？那是暗暗点出正在那繁花盛开之际，自己牵于俗务，便把赏花的时间都挤掉了。

"愿春暂留，春归如过翼，一去无迹"——这一韵也仍然在题目之前盘旋。因为在春天无法欣赏园中名花，所以才"愿春暂留"，不料春天却像不肯停留的候鸟，毫不留恋地飞走了。如今，自己走进园子里一看，原来连春天的影子都找不着了。

然后才出现落花的形象："为问花何在？夜来风雨，葬楚宫倾国。"前一句是作者的发问，后两句是作者的自答。通过一问一答，于是人们知道，昨夜有一件出人意料的事情：一场突然而来的狂风骤雨，把有如倾国倾城的绝色名花，一下子一扫而光了。"楚宫倾国"，原是指春秋战国时代楚国的宫女们。李商隐《梦泽》诗："梦泽悲风动白茅，楚王葬尽满城娇。"周邦彦是借用"楚宫"的美女比喻蔷薇花的。

但上面还只是粗略地下了一笔；略写之后，便进一步加以细写。你看作者正在细寻落花的踪迹："钗钿堕处遗香泽，乱点桃蹊，轻翻柳陌。"上面他把落花比作楚宫的美人，如今他又把落花比作唐宫的杨妃。正如白居易在《长恨歌》中说的："花钿委地无人收，翠翘金雀玉搔头。"杨妃在马嵬坡这一幕，仿佛重现在他眼前：满地的花瓣，四散飞扬，桃花树下有的是，杨柳路上也有的是。原来蔷薇已经完全凋谢了，都从枝头上落下来了。

于是又从侧面描写一笔："多情更谁追惜？"游人都散尽了、谁也不来可怜这些残败的花朵。可是，这园子里还有一些恋恋不肯离开的，它们却不是游人，而是蜂儿蝶儿。那些蜂儿蝶儿时不时撞到窗槅子上，为什么呢？难道它们要凭吊可怜的落花吗？

我们分明看到，作者这一支笔也像蜂媒蝶使那样，不断地绕着"凋谢的蔷薇"转来转去。这是题目的中心，是必须着力去描绘的。

下面换头先提一句夏初的景色。"岑寂"是因为不仅没有赏花的人，也没有了花。如今有的只是暗沉的碧叶，这些叶子由于气候转热而越发密茂了。"蒙笼"是草树茂盛的样子。左思《蜀都赋》："蹢躅蒙笼，涉蹰寥廓。"杜牧《叹花》诗："狂风落尽深红色，绿叶成阴子满枝。"便是这两句话的出处。

"静绕珍丛底，成叹息"——这就转入了自己。蔷薇花落后，如今只剩下自己一个人还对残花有所留恋。句中下一"静"字，可见除了自己，更无别人。"叹息"则是表现了对已逝的好景的无可奈何。应该注意，这是题后的初步"那辗"。

"长条故惹行客，似牵衣待话，别情无极"——又是把自己同蔷薇进一步牵系起来。自己既对蔷薇如此有情，蔷薇也就对这位诗人报以同样的情态了：它伸出长长的枝条，并且拿它的尖刺拉着诗人的衣袂，宛似无限依恋，要诉说一番情致缠绵的话。

这是又一番"那辗"。

"残英小,强簪巾帻"——给蔷薇枝条拉住,于是定神细看,这才看见原来枝头上还剩下没有开成的花蕾。想起自己错过了花期,如今又何妨补上一课:把小小的蓓蕾摘下来,再簪到自己的头巾上面。

可是,这怎么也比不上那开得正好的花儿在美人的钗鬟上轻轻颤动,还侧过身子逗引旁人向它注视呀!

这又是一种"那辗"。你可以说它是无中生有或翻空出奇。人爱蔷薇,蔷薇也恋着人,这是一环一扣;人簪残花,又不满意这残花,这是一正一反。通过如此这般的勾勒渲染,人和花的感情于是越来越深厚了。可见"那辗"决不是单纯地卖弄技巧。

结拍又再推开一层:"漂流处,莫趁潮汐。恐断红尚有相思字,何由见得?"他想到有些落花也许会随水漂流,也许会流进大海中去。又想到有些花片也许是哪一位情人在上面题了字,要它带给他心爱的人的。假如花片儿跟着潮水进了大海,不是辜负了情人的一番心事了吗?这里是化用了"红叶题诗"的故事。《云溪友议》记载,唐士子卢渥应试到了长安,偶然走到宫城御河附近,看见水面漂流着一片红叶,叶上题了一首诗:"流水何太急,深宫竟日闲。殷勤谢红叶,好去到人间。"在这里,周邦彦不过把红叶改成花片罢了。

作者从落花想到花片,从花片想到"题叶",又由"题叶"想到潮水,由潮水又想到情人。真是反复腾挪,极尽开合变化之能事。

有人说,这首词"借花起兴。以下是花是自己,比兴无端,指与物化，奇情四溢，不可方物。"（见《蓼园词选》）认为作者有意借花比人。不过据我看来，作者并无如此深意。实则作者能够把人和花之间的感情写得如此缠绵宛转，耐人寻味，比之借花喻人似乎还更加情意深沉些。

图书在版编目（CIP）数据

宋词小札：今天我们怎么读宋词. 上 / 刘逸生著. — 广州：广东旅游出版社，2019.10
ISBN 978-7-5570-1722-4

Ⅰ. ①宋… Ⅱ. ①刘… Ⅲ. ①宋词—诗歌欣赏 Ⅳ. ①I207.23

中国版本图书馆CIP数据核字(2019)第025833号

出 版 人：刘志松
策划编辑：方银萍 林伊晴
责任编辑：方银萍 林伊晴
装帧设计：谭敏仪
责任校对：李瑞苑 刘光焰
责任技编：冼志良

宋词小札：今天我们怎么读宋词. 上
SONGCI XIAOZHA: JINTIAN WOMEN ZENME DU SONGCI. SHANG

广东旅游出版社出版发行
地址：广州市越秀区环市东路338号银政大厦西座12楼
邮编：510060
邮购电话：020-87348243
深圳市希望印务有限公司印刷
（深圳市坂田吉华路505号大丹工业园二楼）
开本：787毫米×1092毫米　　1/16
印张：14.5印张
字数：145千字
版次：2019年10月第1版
印次：2019年10月第1版第1次印刷
定价：49.00元